こくはく

告白

湊かなえ

[日]湊佳苗 著

竺家荣 译

CNS PUBLISHING & MEDIA 中南出版传媒
湖南文艺出版社 HUNAN LITERATURE AND ART PUBLISHING HOUSE
博集天卷 CS-BOOKY

对于同一件事，因角度不同，看法天差地别的情况在这世上比比皆是。

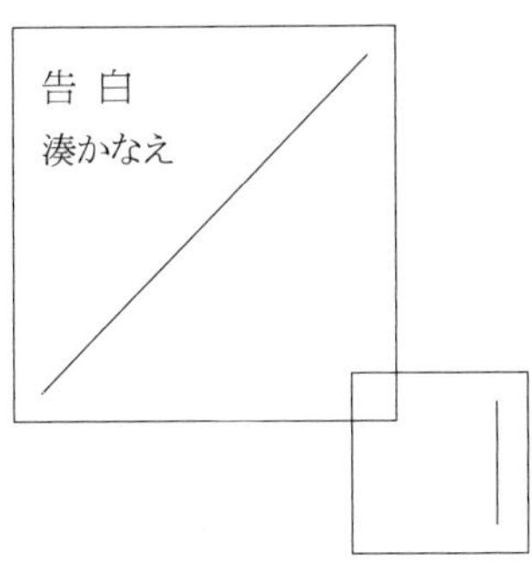

目录

第一章 神职者

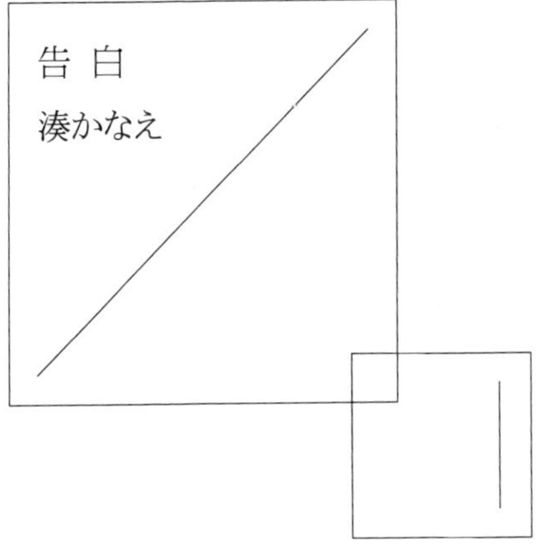

喝完牛奶的同学，把空盒放回写着自己学号的盒子里，回到座位上吧。看样子全班都喝完了。

“今天是毕业典礼，还得喝牛奶呀！”虽然听到有同学这样抱怨，但喝牛奶时间就到今日为止了。大家辛苦了！

“明年没有了吗？”没有了。本年度S中学被指定为“厚生劳动省・全国中学生乳制品推广运动”的示范校。因此，你们每天要喝两百毫升的牛奶。四月份体能测试时，你们的身高和骨密度增加率有可能超过全国平均值吧？多么令人期待啊。

“难道我们是试验品吗？”的确，对于肠胃不好或是讨厌牛奶的学生来说，这或许是受罪的一年。示范校是教育委员会随机挑选的，并且在牛奶盒和盒子上都标上了班级、学号，好确认你们是不是喝了。这样一来，你们感觉被当成试验品也不奇怪。只不过刚刚还在愉快地喝牛奶的同学，一听到“试验品”这个词就皱起眉头来，请你们不要有什么想法。每天喝牛奶怎么是件坏事呢？在座的各位即将出现第二性征，倘若号召大家，为了增强骨骼，在家每天要喝牛奶，又有多少人真能做到呢？此外，牛奶中的钙质不单是骨骼成长的必需成分，也有益于神经的发育。常常焦躁不安的人会被人说：“是不是缺钙啊？”指的就是神经发育问题。

听说家里开电器行的渡边同学，能消除成人片九成的马赛克呢。还听说他把这些片子装在研讨会纸袋里，在男生之间流传。这就说明了，大家在这个阶段迅速成长的不只是身体，心理上也会有相当大的变化。这个例子可能举得不太好，但这就是第二反抗期。性征期和反抗期总称为青春期。在这个阶段，孩子往往因为别人一句微不足道的话而感觉受到伤害，因一些琐事而影响情绪，同时又强烈地追求自我。你们是否有类似的感觉呢？比如，刚才如果有人领头说“每天能免费喝牛奶，真是lucky”的话会怎么样呢？现在教室里充斥的不那么愉快的气氛就会烟消云散了吧？

可见对于同一件事，因角度不同，看法天差地别的情况在这世上比比皆是。从牛奶的话题扯到了这儿来，你们也许觉得莫名其妙。不管怎么说，各科的老师都在不断夸赞今年的一年级同学，无论哪个班都比往年学习更踏实，这说不定就是喝牛奶收到的奇效呢。

牛奶的事先放在一边，我到这个月底就辞职了。“老师要去别的学校任教？”不是，是辞去教师职务的意思。就是辞去工作。所以一年 B 班的同学们就成为我永远不会忘记的最后一届学生。有些同学发出惋惜的声音，非常感谢你们。“老师辞职是因为那件事吗？”是啊，也包括那件事在内，最后我有些话要对大家说。

*

到了辞职的关头，我再度思考起了“老师”到底是什么的问题。

我当老师，并不是由于有一位改变我人生的恩师之类的特别契机，只是因为我生长的家庭很贫穷。父母总是念叨女孩子就不要念什么书了，可我就是喜欢念书。

所以，我申请育英会奖学金的时候，很顺利地通过了。我觉得并非因为我成绩好，而是家境比自己想象的还要贫穷的缘故吧。我上了本地的国立大学，一边攻读最喜欢的化学，一边在补习班讲课挣学费。有的家长觉得匆匆吃完饭，去补习班学习到很晚的孩子很可怜，但在我看来，父母求着你升学的孩子真是太幸福了。上大四那年，我开始找工作。虽然很想继续深造，可是想要过安定生活的愿望占了上风。况且，如果当教师的话，育英会的奖学金就不用还了。于是我毫不犹豫地参加了教师资格考试。

“这动机不太纯吧？”有人这么想也是没办法的事。但是既然选择做教师，我就要做个名副其实的教育工作者。常有人借口找不到想做的事，毕业多年，还老在家里闲待着。不过一毕业就找到了想做的事并顺利就职的人也的确不多。既然如此，只要精神饱满地去做好眼前的事就可以了。对于我来说，找到了真正想做的事，绝对是有益无害的。

“为什么想当国中老师，不去高中呢？”我认为既然同是教育工作者，还是应该挑战一下义务教育的第一线。因为高中的学生不想念的话是可以半途退学的。我想要和那些无处可逃的孩子发生关联。当时我怀抱的就是这样的志向。别看是我这样的人，但也曾有过热血沸腾的时代啊。

田中同学、小川同学，我说的这些没什么可笑的吧？

我当了整整八年中学教师，最初在城里的M中学干了三年，也算是教学实习吧。休息了一年后，在靠近县界的这所气氛松散的S中学执教了四年，总共是七年教龄。

“就是那所M中学吗？”是的。就是最近常常上电视的樱宫正义老师任教的学校。好了好了，大家安静。他真的这么有名吗？“老师认识他吗？”我和他一起工作了三年，要说认识当然认识了，但那个时候他虽然是个热血教师，可并没有现在这样有名，所以你们八成比我对他还了解呢。什么事，前川同学？“不知道他，请介绍一下？”好吧，尽管我对他没什么兴趣，可有人想听，我就简单说一说吧。樱宫老师从中学时起就是不良少年团伙的头头，高中二年级的时候，由于打伤班主任而被勒令退学。后来浪迹海外，据说在国外也干过不少出格的事情，结识了在纷争与贫困中生存的人，与他们共同生活之后，渐渐察觉到自己过去的错误，回国后，考取了高中毕业资格，进入一所有名的私立大学学习，最后当了一名中学英文老师。之所以选择在中学任教，据他说是为了不让那些和自己在同样的年龄误入歧途的孩子重蹈覆辙。从几年前开始，放学后他还到热闹的街头巡视，只要看见不回家在街上游荡的孩子，无论是不是本校的学生，都会劝说他们：“不要自暴自弃。想要重新振作，现在就可以办到！”由于他这样坚持不懈地热心劝说，被人称为“劝世鲜师”，又是上电视，又是出书，越来越为人所知了。“这不跟上星期电视报道说的一样吗？”真是不好意思。对于知道他的人来说，我的介绍好像太无聊了吧。“重要的部分都没说？”去年年底，他迎来三十三岁生日，却被医生告知只剩下几个月的寿命。他仍旧对人生不放弃、要在教育战线努力坚守到最后一刻的形象，已经使他不仅仅是热血教师了，简直就像神职者一样。你是指的这一部分吧？阿部同学真是很了解他啊。“很尊敬他？”“想成为樱宫老师那样的人？”原来是这样啊。

如果可能的话，我希望大家只学习他的后半生。

既然说到了樱宫老师的事迹，在崇拜热血先生的学生们看来，可能会觉得我不太够格吧。刚才我也说了，我刚当老师的时候也曾经想要成为一个热血教师。只要学生发生一点儿问题，就连课也不上，全班一起来解决；只要有一个人跑出了教室，哪怕上着课我也要追出去。但有时我也会想，这世上没有完美的人。一个做老师的，想要对着学生热切地说教，是不是有点儿太自以为是了呢？不过是把自己的人生观强加给学生，来获得自我满足罢了。说穿了，不就是居高临下看低孩子们吗？休假一年后，临来S中学就职的时候，我给自己定下了规矩，即：不直呼学生的名字；尽量以平等的态度、客气的用语说话。就是这两条。虽说微不足道，但的确有人注意到了。“注意到了什么？”不正是注意到自己的身份吗？每天都在播送虐待儿童的新闻，于是大家以为小孩都在被大人虐待似的。其实你们不都是被父母捧在手心里的吗？哪个孩子不是在父母“好好念书吧”“好好吃饭吧”的请求下娇生惯养长大的？所以你们才会对父母直呼其名，说话随便，不是吗？也有不少老师觉得学生们给自己起绰号，或者跟自己说话随便，能够说明自己受学生欢迎。因为电视上演的热血老师几乎都是这样。大家在看校园剧的时候有没有意识到呢？每当热血教师和问题学生发生冲突的时候，就会建立起深厚的信赖关系。那么最后出现在演员表上的只是几年几班的全体学生，但是大多数人的立场又如何呢？热血教师在上课的时候，也热血沸腾地诉说自己的经验或者问题学生的内心感受。但是，其他人真的想听吗？别说这些没用的，快点儿上课吧。要是有个诚实的学生这么说，老师就会进一步说些“人这个字的结构，就是互相扶持……”之类的废话。到头来，认真学习的学生反而要对问题学生道歉“刚才对不起啦”。作为电视剧的情节或许不错，但是挪到现实中的话会怎样呢？再说了，对于平常守规矩的学生，真的有什么重要事情必须中断上课，进行说教吗？不言而喻，比起误入歧途后回归正道的人来，一向循规蹈矩的人绝对更加了不起。遗憾的是，这种人平日是不会成为焦点的。在学校里也是一样。于是，每天认真生活的人就会对自己的存在价值产生疑问，有时候，这疑问就会成为导致负面思考的原因，难道不是吗？

*

人们常用“信赖关系”这个词来描述师生之间的关系。从中学生人手一部手机的时候开始，我就常常收到“我想死”啦，“不知道为什么活着”啦之类的短信。一般都是在半夜两三点的时候发来。对于在这种时间发来的缺乏常识的短信，我也想过不予理会，却不能真的那么做。其中有的是恶作剧。班上的女学生发短信给年轻的男老师说："老师救命啊，我的朋友遇到危险了。"把老师骗去了情人旅馆。既然是那种地方，当老师的自然也应该有所警觉，但还是十万火急地赶去了，结果被人偷拍了照片。第二天，家长找到学校来，还报了警，闹得不可开交。但是我们这些同事立刻知道这是一出恶作剧。因为那位老师的外在性别与其内在性取向并不相符。我们大家都劝他，没有必要为了这种恶作剧而公开自己有性别认同障碍的隐私。可是该老师为了维护教师的尊严，对家长和学生说出了真相。这个女生这么做，只因为老师要她上课的时候不要聊天，她就生气了，心想为什么只说我一个人呢？起因就是这么无聊的事。"给没给处分？"没有。这所学校怎么搞的，居然让人妖或是单亲妈妈担任情绪不稳定的青少年的班主任！家长只字不提自己女儿做的错事，一味地指责校方，结果学校败给了这种家长。虽说在教育场所还论什么输赢，这的确有点儿可笑……"就是那个老师吗？"他去年调到了别的学校，现在以女教师的身份在那里任教呢。

虽然我举的这个例子有点儿极端，但是倘若换作别的男老师，就是跳进黄河也洗不清了。从那以后，S中学的老师们，即便是自己班上的学生有事相求，只要是异性，就联络别的同性老师去帮忙解决。一个年级有四个班，每个年级安排男女各两位班主任，就是为了应对这样的情况。本班的男同学要找我的话，我就联络 A 班的户仓老师，让他代替我去。反过来，要是 A 班的女同学有什么事情的话，就由我去解决。“不知道还有这一说？”那是因为没有告诉你们。“如果是户仓老师来，真有紧急情况的话，也不能发短信给你了？”长谷川同学，你上体育课的时候不守纪律了吧？刚才长谷川同学说真有紧急情况，当然其中的确有那样的短信。但是根据我的印象，不客气地说，一年里也就那么几次而已。当然发短信的人，当时真的想死，真的万念俱灰，觉得活着没意义也说不定。或许真是完全沉浸在自己的世界里，觉得世界上只剩下自己孤零零一个人了。满脑子想的都是自己。这样也无可厚非，可至少应该稍微考虑一下你发短信的对象有可能在做什么吧。即便是这样，能够发短信给老师还是好的，真正怀有阴暗心理的学生是不会给老师发什么短信的。

也就是说，一直依赖短信的人，其实是我自己。

*

我即便身为人师，也不可能一天二十四小时只想着学生。因为我有更重要的人。正如你们所知道的那样，我是个单亲妈妈，未婚母亲。我本来要跟四岁女儿爱美的爸爸结婚的。他拥有许多我所不具备的品质，是值得我真心尊敬的人。就在举行婚礼之前，我发现自己怀孕了。这不成奉子成婚了吗，我们俩这么互相打趣，感受到了双重的喜悦。由于我怀了孕，他也顺便跟我一起做了健康检查。尽管只是顺便查查，没想到却查出他患有重病，于是取消了婚礼。“是因为有病吗？”当然是这样。“他很可怜啊！”是啊，井坂同学。的确，一方突然生了重病依然结婚，夫妇一起渡过难关的人很多。但若是你们自己的话，你们会怎么做呢？自己的男朋友或女朋友染上了 HIV 的话……HIV 就是人类免疫缺陷病毒，通称艾滋病病毒。这种说明没有必要吧？暑假作业留的读后感，班上大部分同学都选了同一本小说。大家都写了“好感动”“泪流不止”等等。既然大家都这么说，我也看了那本书。讲的是一个援交女孩子感染了 HIV，最后病发身亡的故事吧。“故事不是那么简单的？”有人好像很不满呢。然而，就算被故事感动，倘若碰到跟 HIV 感染者性交过的人，你还是会被吓跑的吧？浜崎同学，虽说坐在第一排，也用不着不敢呼吸，不会因为空气被传染的。虽然现在一般人不希望 HIV 感染者进入距离自己半径几米范围内，其实握手、打喷嚏、洗澡、游泳、共用餐具、蚊虫叮咬或是宠物等是不会传染的。轻微接吻也不会感染。身边即使有病毒携带者，也不会因为日常生活而被传染。班上有病毒携带者也不会传染给同班同学。那本书里没有提到这些吧。抱歉，现在我才说我并没有被传染。看大家的表情似乎不太相信。不错，性交是 HIV 传染的途径之一，但并非百分之百会感染。我做孕期检查的时候是阴性，但是由于很难相信没有被感染，就再度进行了检查。后来知道了性交感染的概率，才放心了。考虑到大家对数字太敏感，我就不说感染率是多少了。想知道的人可以自己去查一下。

他之所以会染上 HIV，是因为在海外那段自暴自弃的生活。我当然做不到坦然地接受他。知道他有艾滋的时候，我的检查结果虽然是阴性，在情感上还是受到了极大的刺激。倘若检查的顺序倒过来的话，我绝对会因为自己有可能已经被感染而恐惧万分的。尽管如此，我虽然没有感染上，可肚子里的孩子感染了可怎么办呢？就这样一直提心吊胆，每天都睡不着觉。自己曾经那么崇拜他，可是现在竟然对他产生了憎恨。他不知对我道了多少次歉，并且一边道歉一边恳求我把孩子生下来。我自然是丝毫没想过要堕胎。堕胎就是谋杀。他知道自己染上了 HIV 后，也没有自暴自弃。至少算是自作自受吧。像血友病患者等，并非因自己的过失而感染了艾滋病病毒的例子不是有很多吗？

不过，他心中的绝望是难以想象的。我对他说，咱们结婚吧。因为我觉得彼此都了解对方状况的话，不会给日常生活带来太大的问题，即将出世的孩子也需要父亲。但是他顽固地拒绝了。意志坚定的确是他的长处，但他是个十分顽固的人。他说，要首先考虑孩子的幸福。就像刚才你们一瞬间屏住了呼吸那样，就像看见了什么怪物那样，这个世界对 HIV 携带者存有偏见。就算孩子没被感染，被人知道父亲是 HIV 携带者的话，不知道会遭遇怎样的对待。上学以后，尽管吃饭、体育课什么的都没有问题，也未必不会受到同学甚至老师的欺负。不错，没有爸爸的小孩也可能被歧视，但是社会对此还比较能够接受。经过反复商量，我们决定不结婚，我独自把小孩生下来。

生下爱美后，得知她并没有被感染，我真是如释重负。我一定要非常非常用心地把她养大。我要好好守护这个孩子。我在心里这样发誓，把全部的爱都倾注在女儿身上。若是问我班上的学生和女儿谁更重要，我必然回答“是女儿”。这是不言自明的。爱美曾经问过我一次：“爸爸呢？”我告诉她：“爸爸在不能够见到爱美的地方努力工作呢。”他放弃了父亲的名分，将来日无多的人生的全部热情倾注在了工作上。

可是，我的爱美现在已经不在人世了。

*

爱美满一岁后我把她送进托儿所，然后我重新回到学校教书了。城市里有的托儿所可以托到很晚，但是在小地方，最多延长到六点。我娘家又很远，根本指望不上，只好拜托银发族[1]人才派遣中心找一位保姆。他们给我介绍的保姆，就是住在学校游泳池后面的竹中太太。对，就是养了一只叫作毛球的大黑狗的那户人家。你们中间也有人曾越过游泳池旁边的栅栏，给毛球喂便当或零食吧。竹中太太每天都在四点去托儿所接爱美去她家，直到我下班。爱美非常喜欢竹中太太，叫她“奶奶”，老是黏着她，也特别喜欢毛球，老说“我是毛球的饲养员”。就这样麻烦竹中太太照顾了爱美将近三年。可是今年年初，竹中太太身体不好，要住院一段时间。虽然她住院了，但我不想立刻就另外找人。在竹中太太出院之前，我决定自己去接爱美。我一般都请托儿所延长到六点，自己尽量早一点儿下班。唯独每星期三的教职员会议，万一延长时间就不能按时接孩子了，所以每逢星期三我就四点先去接她，让她在保健室等我开完会。内藤同学、松川同学常常陪爱美玩。真的很感谢你们。爱美曾经悄悄地在我耳边说：“姐姐们说爱美像小棉兔一样可爱！”看她的样子高兴极了。

你们俩不要哭了。

爱美非常喜欢兔子，也很喜欢毛茸茸的东西。她特别喜欢不论在小朋友还是高中生中都很有人气的玩偶“小棉兔”，带去托儿所

---

1 指老年人。

的小书包、手帕、纸巾、袜子、果汁等全都印着小棉兔。每天早上，她都拿着喜欢的小棉兔皮筋发圈，坐在我腿上说："要扎成跟小棉兔一样的哦。"假日逛街的时候，一看见小棉兔的商品，她就眼睛放光，大叫"好可爱啊"。

爱美出事前一星期左右，我带她去了很久没去的购物中心，正好碰上情人节促销活动。特设大卖场上有种类繁多的巧克力。最近不是有什么"友情巧克力"吗？女孩子们之间好像也在流行互送巧克力，那种受女孩子欢迎的可爱的巧克力也多得让人眼花缭乱。爱美一眼看见了小棉兔巧克力。小棉兔头形的绒布小挎包里有一颗白巧克力做的小棉兔脸。如我所料，爱美很想要那个小挎包。但是我们俩事先说好只能买一样东西的。那天已经给爱美买了小棉兔的运动服了。就是她死的时候穿的那件粉红色运动服。我牵着爱美的手说："下次再买吧。"以往即便是小棉兔商品，只要我这么一说，她也就恋恋不舍地放弃了，可是那天爱美格外固执。她说不要衣服了，就想要这个包，坐在地上大哭起来。但是说好了的事不能轻易改变，我也不肯让步。我暗自琢磨，要不回头偷偷买了，情人节那天给她个惊喜吧？虽然心里这么想，嘴上还是严厉地说："你和妈妈说好了的。"母爱与宠爱是两回事。这个场面恰好被跟家人一起来买东西的下村同学看到了，他对我说："不就是七百日元吗，她这么想要就买给她呗。"弄得我很不好意思。第三者的出现使爱美冷静了一点，噘着嘴嘟哝着“下次来的时候，一定给我买啊”，站了起来。我尴尬地笑着和下村同学挥手再见。谁料想，还没等到情人节，爱美就死了。现在回想起来，当时买给她就好了。我每天都沉浸在后悔之中。

那天教职工会议六点前就结束了。保健老师也参加了，以往直到六点放学前，都会有几位女同学轮流来陪爱美玩，所以爱美从来不嚷嚷没意思、无聊什么的，总是乖乖地在保健室等我。出人意料的是，那天我去接她时，她却不在保健室里。厕所里也没有。刚好社团活动刚结束，学生们都在收拾东西、换衣服，她会不会到社团活动室去找姐姐们玩儿了呢？我轻松地在校内转来转去地找起爱美来。一开始碰到的是内藤同学和松川同学，对吧？我问爱美刚才有没有到美术室来，你们说：“本来想去找爱美玩的，快五点的时候去了保健室，没看到她，以为她今天没来呢。”然后就帮我一起找。天色虽然已经黑了，但是学校里还有很多人没回家，于是其他老师和同学也帮着一起找爱美。最后找到爱美的是棒球社的星野同学，对吧？他说：“今天虽然没看到爱美，但是以前见到过爱美从游泳池那边出来。”于是跟我们一起去了游泳池。由于冬季游泳池的入口上了锁，还拴着铁链，我们只能翻过栅栏，进入里面，但是两扇栅栏门之间的空隙足够小爱美从那儿钻过去。尽管夏季的游泳课已结束，但一年四季游泳池里都蓄着水，因为一旦发生火灾，这些水就可用于消防。我的爱美就漂浮在那满是枯叶的幽暗的水面上。我跑过去把爱美打捞上来，可她的身体已经像冰一样冷，心跳也没有了。我一边叫着她的名字，一边给她做人工呼吸和心脏按摩。星野同学看见小孩尸体，吓得不得了，立刻跑去找其他老师。爱美送到医院后被诊断为溺死。警方根据没有外伤和衣着整齐判断，是不小心失足掉进游泳池的意外死亡。记得当时天已经全黑了，我也悲痛万分，按说根本没有那份心情，却看见竹中太太家的毛球从栅栏里探出鼻头，望着这边。警方调查发现，栅栏附近有面包碎片，与爱美托儿所发的面包是一样的。有几个学生说在游泳池附近看见过爱美。我才知道，原来爱美每个星期都会到游泳池那儿去，我猜她是去喂毛球面包的。其实竹中太太已经拜托邻居照顾毛球，可爱美不知道，以为自己不去喂毛球的话，它就会饿死。看样子她是怕我知道她随便离开保健室会骂她，所以总是一个人偷偷跑去，约莫十分钟就回来。难怪我完全没察觉到这个情况。每次我问她："妈妈不在的时候都做什么了？"爱美总是用淘气的眼神望着我，说起跟姐姐们玩了什么。现在我才意识到，她的眼神里分明隐瞒着什么秘密，我却没有看出来，多问孩子几句就好了。那样的话，我就不会让爱美一个人去游泳池了。

爱美的死是我身为家长保护不周造成的。在学校里竟然发生了这种事，让你们的心灵都受到不小的惊吓，真的非常抱歉。事情虽然已经过去一个多月了，每天黎明时分，我还是会从被子里伸出手摸索爱美。爱美睡觉的时候总是喜欢贴着我。我故意躲开的话，她闭着眼睛也会伸手摸我。我一握住她的手，她就又安心地睡着了。当我意识到每天早上醒来的时候，无论怎样伸手摸索，也摸不到她那柔嫩的小脸蛋和蓬松的头发时，我都会泪流不止。提交辞呈的时候，校长问我："是因为那次意外的缘故吗？"刚才北原同学也问了同样的问题。我之所以决定辞职，的确是因为爱美的死。但是，如果爱美的死真的是意外，哪怕是为了减少悲伤，忏悔自己的疏忽，我也会继续当老师的。那么，我为什么决定辞职呢？

因为爱美的死并非意外，而是被我们班的学生杀害的。

*

大家对于年龄限制是怎么看的呢？

比如说，几岁以上可以抽烟喝酒呢？西尾同学。对了，是二十岁。你们只要知道这个年龄限制就可以了。二十岁就是成人了。我们在电视上看到一年一度的成人仪式，都是新成人拼命喝酒的报道，你们想过没有，为什么那些人非得在这个时候大肆喝酒呢？不排除媒体造势是原因之一，但要是没有"满二十岁才可饮酒"的年龄限制的话，年轻人还会那么大喝特喝吗？但法律只是允许满二十岁饮酒，并非提倡满二十岁就要喝酒。尽管如此，年轻人觉得到了这个年龄，即便不想喝酒也要喝，仿佛不喝就吃了亏似的，可见年龄限制不正是起到了助长这种心理的作用吗？话虽如此，若没有限制，没准真的会有学生醉醺醺地来上学的。当然肯定也有完全无视限制，在叔叔伯伯等亲戚的劝诱之下喝了酒的学生。因为要人们都自觉地遵循伦理约束自己的行为，毕竟只是美好的愿望吧。

你们不知道我到底想说什么？

比起这个来，看大家的样子好像更想知道犯人是谁。这无疑说明了大家对于咱们班上有人犯罪的好奇心多于恐怖感。好像有人猜到了，也有人脸上露出知情的神色。就我来说，对于能若无其事地坐在位子上听我讲述这件事的犯人，我感到无比惊讶。惊讶吗？其实也不怎么惊讶。因为其中一个犯人是希望自己的名字被公之于世的。和他相反，另一个人刚才的脸色就非常不好。好像是觉得我违反了之前的约定，心里忐忑不安似的。你不用担心。我不打算在这里公布你们两个人的名字。

你们知道少年法吗？

由于少年身心未发育成熟，由国家代替家长制定的最有益于他们改过自新之法。在我十几岁的时候，有个未满十六岁的少年杀了人，但只要家庭法院同意，就连少年院都不用进。说什么小孩是纯真的，这是什么时代的神话了？由于钻少年法的空子，20 世纪 90

年代，十四五岁孩子的恶性犯罪频发。你们只有两三岁的时候发生的“K 市连环杀害儿童案”，有很多人都知道吧？我一说出犯人在恐吓信里用的名字的话，或许有人会想起来：“啊，是那个案件啊。”随着这种事件的频发，社会对于修改少年法的呼声高涨起来。因此于 2001 年 4 月，政府对少年法进行了修改，包括将刑事责任年龄从十六岁降低到十四岁等。

你们现在是十三岁吧。那么，年龄到底意味着什么呢？

去年八月发生的“T 市一家五口灭门案”，我想大家应该还记忆犹新吧。犯人在暑假期间，每天将推理小说里出现的毒药少量地掺入家人的晚饭里，并将每个家人的症状记录在每天的博客上。但是症状没有犯人想象的那么严重，她感到不满意，终于把氰化钾加入晚餐的咖喱中，害死了双亲、祖父母和小学四年级的弟弟。犯人当时是十三岁的初一学生，是这家的长女。她在博客上发的最后一句话是：“不管怎么说，还是氰化钾最有效！”对这个案子，电视、报纸一连多日都在大肆报道。“露娜希（Lunacy）事件？”正如曾根同学所说，大家好像都知道这个名字。露娜（Luna）即罗马神话中的月亮，或是月亮女神的意思，相当于希腊神话里的塞勒涅[1]。

1　塞勒涅，第二位月亮女神，太阳神赫利俄斯的妹妹。希腊神话中的月亮女神有三位，一是代表新月的菲碧，一是代表满月的塞勒涅，一是代表弯月的阿尔忒弥斯。

“这个不知道？”无所谓啦。Lunacy 这个词的意思是精神异常、丧失心智，或愚蠢的行为。由于少女杀人犯用这个词语作为自己博客的名字，所以媒体就把这个案子叫作“露娜希事件”，说什么“老实乖巧的女孩变身为疯狂的月亮女神露娜”等等，还出现了双重人格说，乐此不疲地大加渲染。至于这个少女受到了什么惩罚，你们之中又有几个人知道呢？这个标题耸人听闻的案件，由于犯人未成年，照片和姓名都没有公布。媒体只是在残忍的作案方式，以及凭推测得出的少女内心阴暗上大做文章，关键的真相却不明不白地被人渐渐淡忘了。这样的新闻报道是正确的吗？该案的此类报道只不过是在某些孩子心中的阴暗处植入了这种变态的没有一点儿人味的猎奇的犯罪者，只不过是在煽动可悲的孩子们崇拜愚蠢的罪犯而已，难道不是吗？我认为，倘若因为罪犯未成年而不公开其姓名和相貌的话，那么也不必报道罪犯自鸣得意的网名了。即便该罪犯在博客上自称“露娜希”，真名则用少年 A 或少女 B 来代替，那么也应该在“露娜希”处打上马赛克，给她取个“蠢货”“干屎橛”之类的丑陋称呼啊。K 市的连环杀害儿童案既然公开了罪犯的那个签名，那么媒体就应该予以嘲笑啊。诸如“不过是个很普通的名字，却故弄玄虚地借用同音汉字，大概是想炫耀自己会写复杂的汉字吧。”大家都曾经想象过自称露娜希的少女长什么样子吧？请大家冷静地思考一下。美少女会自称露娜希吗？

既然不公开照片，哪怕搞些用粗笔丑化其人中和笑纹的夸张的漫画像也行啊。只要极力表现她是个庸俗凡人即可。越是刻意描述，就越是众说纷纭，那些少男少女罪犯也越是自我陶醉。长此以往，憧憬罪犯的愚蠢小孩不就增多了吗？如果一开始就知道犯人未成年的话，尽可能低调地报道案件，教导自我陶醉的孩子不要愚蠢地去模仿，不正是成年人应起的作用吗？那个少女犯只要在某个儿童自立辅导机构或什么地方写写作文，几年之后，就可以若无其事地回归社会。但是，大家知不知道这个案件里，有人受到的责难比杀人犯更多吗？

那就是少女犯学校里的理科老师。考虑到当事人的隐私，姑且称呼他 T 老师。T 老师对教学非常热心，尤其重视安全，连危险性低的实验都不太让学生做。他对于近年来理科的教学方式持有异议，积极地投入实验、实习的安全措施的研究。“你认识他吗？”其实就在出事前几天，在“全国中学生科技展”的会场上，我还和他交谈过。少女在暑假前对 T 老师说：“笔记本忘在化学实验室了，我想去拿一下。”身为班主任的 T 老师由于几分钟后要和家长见面，就毫不怀疑地把一串实验室钥匙给了平日老实本分的女学生。案发之后发现，罪犯用来做实验的药品几乎都是在自家附近药房或者是网上买的，只有氰化钾是从学校拿出来的。于是 T 老师被舆论严厉追究疏于管理的责任。更有甚者，竟然还传出了“说不定是 T 老师教唆女学生干的呢”等等莫须有之说，最终导致 T 老师落到被迫辞去教职的地步。T 老师被剥夺的不只是工作。连续多日的诽谤中伤给 T 老师的太太造成极大的精神压力，直到世人早已淡忘了这个案子的现在，她仍旧在住院疗养呢。他的小学三年级的儿子被送到很远的外婆家，改用母姓上学。

我跟 T 老师有一面之缘的事另当别论，同为教育者，案发之后我也收到了教育委员会下发的彻底管理危险物品通知书。虽说中学的理科教学用不着氰化钾，但 T 老师说不定有别的用处。不但存有这种东西，还随便把钥匙给学生，或许确实有管理失职之嫌。然而本校虽然没有氰化钾，但能杀人的药品也不少。尽管化学药品柜子的钥匙放在学生拿不到的地方，但是只需用金属棒之类的打破玻璃，照样可以拿到手。这么推论的话，家政教室里的菜刀呢？连体育器械库房的跳绳也能杀死人。我们这些老师明明知道学生制服口袋里装着刀，也不能没收。即使那个学生带刀是打算伤人的，可只要他说是上下学途中防身用，我们也不能把他怎样。向上面报告的话，也只是被告知：“严加告诫一下吧。”只有学生用那把刀惹出事端，才能没收。当然，到那时没收已经太迟了。于是教师又会受到指责：“明明知道学生带着刀，为什么不能够防患于未然？”试问，真正不对的是谁呢？是没能严厉告诫学生的老师吗？

我到底该怎么做才好呢？

*

爱美的葬礼在小范围内悄悄地举行了。很多人对我表示想参加葬礼，都被我婉拒了，非常对不起。虽然我也希望有很多人来跟爱美告别，但我更想让爱美的爸爸送别女儿。爱美只见过父亲一面，那是去年年底的事。一天晚上，正在看电视的爱美指着屏幕说："昨天，我看见这个叔叔了。"我感觉自己的心脏都要停跳了。爱美告诉我，那个叔叔在托儿所的围栏外面看着她荡秋千，她一看叔叔，叔叔就向她招手，于是爱美就走到了围栏这边来。叔叔问她："你是小爱美吧？每天都开心吗？"爱美回答："开心啊。"叔叔说："那可太好了。"然后笑着走了。我想那个人百分之百是爱美的爸爸。近来托儿所的安全措施也加强了，连住在附近的人路过时探头往里看，都会被严加戒备。可如果是他的话，即使有人问，也有很多理由应对。说不定还会受到欢迎，被请进去呢。

"你为什么现在来了呢？"我不理解，第一次打了电话给他。我们已经差不多五年没有联络了。他这才告诉我，他到底还是发病了。小说里的主人公都是突然间发病的，但通常，HIV 的潜伏期据说是五到十年。他已经活了十四年，我不知该对他说真能耗，还是说真能坚持的好。我找不出合适的话，沉默着，他无力地说：“以后我不会再去幼儿园了。”听他的声音，已经完全没有了电视上的豪气。我跟他提议，寒假的时候咱们一家三口一起去个远一点儿的什么地方玩玩吧。我并不是同情他来日无多，只是想亲子三人在一起，但是他也无力地拒绝了。爱美第一次被父亲抱在怀里的时候已经魂归九天。他紧紧抱着爱美的遗体痛哭了一个晚上，不停地强烈自责，爱美的死都是因为自己过去罪孽深重。俗话说眼泪都哭干了，可是这个对他和我都不适用，我们真希望能够把眼泪哭干。我深感后悔，早知如此，就应该早一些安排一家三口在一起生活。

我已经说了好多次“真是后悔”了吧。

葬礼后，很多人到家里来，跟爱美告别。托儿所的老师和小朋友、S 中学的老师和学生们都来了。奠仪我一概不收。大家带来了小棉兔玩偶、装有点心的小棉兔包包等，供在爱美灵前。我对自己说，爱美在她最喜欢的小棉兔的环绕中安眠了。我这样对自己说，努力去接受爱美的死。

上个星期，刚出院的竹中太太也到我家来送别爱美。距离爱美出事刚好一个月。竹中太太在爱美的牌位前双手合十，流着眼泪说：“真对不起。”由于地方报纸以“四岁儿童到游泳池附近喂狗失足死亡”为标题进行报道，竹中太太觉得像是自己的责任而心情沉重。由于是在学校发生的事故，校长代替憔悴不堪的我看了报社发来的稿子，我后悔应该自己过目。我老是后悔。竹中太太把放在她家里的爱美的所有物品都装在纸袋里拿来给我。有换洗衣物、筷子小勺、毛绒玩具等看着眼熟如今已成遗物的一些东西，那个东西也在其中，就是那个绒布做的小棉兔头形的小挎包。爱美那么想要，而我并没有买给她，为什么会在这儿呢？不光是竹中太太，凡是别人给的东西，哪怕是一颗糖，爱美也会向我报告的。竹中太太说这个小挎包是在毛球的狗屋里发现的。这么一说，很可能是毛球玩过了吧，难怪小挎包破破烂烂的，但是竹中太太还是特地带了来，说：“没有了小兔，爱美会伤心的，那就太可怜了。”我对竹中太太一直照顾爱美，以及自己身体还没完全康复就到我们家来跟爱美告别，表示了感谢，并开车送她回了家。我看见毛球正在很久没人打理的院子里玩球。虽然竹中太太说“那个球是从学校飞过来的”，但是棒球社的四号棒击出的全垒打再远，也绝对不可能飞越球场的护网，甚至飞过游泳池掉进来的。竹中太太说：“有时放学后，看见来打扫游泳池的学生在池边玩投接球，大概是那时候掉进来的吧。”我想起来，犯了错的学生会被罚打扫体育器材仓库或游泳池。今年，我们班也有受罚的学生，我怎么把这事给忘了呢？

那天，爱美是自己一个人去游泳池的吗？我心中突然产生了这样的疑问。回家后，我再次拿出那个小棉兔绒布挎包。这个小挎包真是爱美的吗？如果是的话，是谁给她买的呢？我拿起来在眼前晃了晃，发觉虽是绒布做的，却沉甸甸的。我拉开拉链，隐约看见薄薄的衬里底下透出电线一样的东西。我极力压抑着心里浮现的不祥预感，第二天分别找两个学生谈了话。

走廊上热闹起来了。别的班大概已经下课了吧。除了有社团活动或是要上补习班的人之外，想回家的同学都可以走了。我说了这么多让你们不愉快的话，下面要说的只会让你们更加不愉快，不想听的人现在就请走吧。没有人想走吗？那就表示大家是自愿要听的，我就继续讲下去了。

下面，我就把这两个犯人称作 A 和 B 吧。

*

刚入学的时候 A 是个不怎么起眼的学生。虽然在部分男生中挺受崇拜，可当时我并不知道。我注意到 A 是在第一学期期中考试过后。第一学期的理科上的是生物，A 在期中考的时候得了满分。英语全年级满分只有一个人，所以不止我们班知道，其他班也都宣布了 A 得满分的事。“太酷了！”咱们班上虽是一片赞扬之声，但在别的班级，赞扬声音里也夹杂了不好听的说法。跟A一起上过小学的C同学厌恶地说："那家伙还拿活物做实验呢。"我对这话很重视，下课后，让C同学到化学实验室来找我。C同学先说了一句："别说是我跟老师告的密啊。"然后告诉我，A从小学高年级时起，就常常捡流浪猫狗回家，用自己发明的奇怪工具——A自己称之为"行刑机器"——进行反复虐待，最后残忍地将其杀死。开始还低着头说话的C同学，说到最后，就好像在炫耀自己的辉煌战绩似的兴奋地说："那家伙还把实验过程拍成视频，在网站上公布呢！"看到C同学的样子，我不禁打了个冷战。C同学把A的网址告诉了我。我立刻去办公室上网查看。可是在叫作"天才博士研究所"的网站页面上，只用不吉利的字形写了一行字："现在正在开发新机器，敬请期待！"入学前，A的小学寄来的品行调查报告里，完全没有介绍A这方面的情况。为了保险起见，我打电话给A小学六年级的班主任确认，可是对方不以为然地回答："从来没听过那种事。A同学学习认真，成绩又好，是个很好的学生。"从那时起，我就开始注意A了，但A在学校里表现非常好，无论是道德品行还是学习态度都没有任何问题，简直就是个模范生。渐渐地我也就不那么留意A了。一方面也是由于春季的关系，每年这时候情绪不稳定的学生就多起来，我忙于处理，无暇关注……

六月中旬的一天，放学后，我在化学室准备三年级的实验课时，

A 一个人进来了。他一边饶有兴致地看着实验用具，一边问：“老师的专业是什么？”我回答：“是化学啊。”他反问：“对电机了解吗？”物理课我也大致教过，但一想到 A 父亲的职业，便说：“这方面你父亲应该比较熟悉吧？”这时，A 突然把一个钱包递到我眼前。那是一个黑色合成革的拉链钱包，看上去就是个极普通的百元货，我正在想这是做什么，A 笑着说：“这里面有好东西，打开来看看。”一定是恶作剧，我警觉地接过来，感觉钱包比看上去稍重，估计里面装了什么东西吧。无所谓啦，什么青蛙或者蜘蛛之类的别想吓倒我。我逞能地一拉拉链，指尖顿时一阵发麻。我还以为是静电。可是正值六月，那天还下着雨。见我茫然地来回看着手指和钱包，A 得意扬扬地说：“够厉害的吧？我花了三个多月的时间，才终于做出来的。”然后又轻轻啧了一声说道，“不过，效果还是不大理想啊。”我怀疑自己听错了，就问他：“你这是拿老师当试验品吗？”他毫无歉疚之态，依然嘻嘻地笑着说：“这没什么啦，不是都说做化学、物理实验的人，多少吃点药物或者触点电也没关系吗？”我想起了 C 同学的话，还有 A 网站上写的“正在开发新机器”的句子。我指尖仍残留着麻痹感，严厉地质问 A：“你为什么做这种危险的东西？你想用它干什么？用它杀死小动物吗？”A 像外国人那样双手一摊，说：“这么生气干什么？老师竟然不懂得这东西有多厉害，真让人失望。算了，我拿到别处去试验好了。”A 说着从我手中拿回钱包，走了出去。

我在那个星期的教职员会议上汇报了 A 制作带电拉链钱包的事，认为那个钱包可能会伤人，以及从 C 同学那里听到的有关 A 的事情。但是大家认为只是静电程度，不会有什么问题，都不当回事。而校长还是老一套："为防备万一，要严厉警告他。"我给 A 家里打了个电话。我并不是想要责备 A，只是希望家长多关注孩子一下，以防不小心触电等。我对他母亲这么一说，她只是话里话外地挖苦我说："老师要照顾小孩够辛苦的，怎么还有这闲工夫啊。"我每天都去看 A 的网站，以为他说的别处就是这里了，但是网站上一直都是"敬请期待"。

到了下一周，A 拿着一张表格和资料夹，还有那个钱包来找我说："请老师在这里盖个章。"我一看，是贴在教室后面墙上的"全国中学生科技展"的报名表。由于截止日期是六月底，临近暑假，我只是对一年级同学简要说了一下，压根没想到 A 竟然要拿那个钱包去参展。报名表上的题目栏里填写的是"防盗带电钱包"，用途一栏里写着"不让小偷偷走宝贵的零花钱"。此外，姓名、学校等必填事项都已经填好了，只剩下指导老师签名那栏还空着。并说明钱包经过改良，新添加了解除功能，对钱包的主人没有危害，不知情的人，若不先进行解除，一打开拉链就会触电。资料夹里夹着的报告以图解方式详细介绍了钱包的制作过程，在报告最后做了补充说明，不足之处是，此效用只是一次性的，今后的研究重点，要采用大学生水准的知识加以改良，甚至还以“我会更加努力，让老年人也能安心使用”这样孩子气的话来结束报告。家里明摆着有电脑，还手写出整篇报告，营造出一个奋发向上的中学生形象。我看过报告以后，A 对我说：“虽然不是在老师的指导下做的，但是没有老师盖章就不能报名，而且你是班主任，又教理科，所以就拜托你了。”即便他这么说，我还是做不到马上给他盖章。A 对犹豫不决的我说：“我是为了张扬正气才做这个东西的。老师却认为这是危险的东西。到底谁对谁错，还是让专家来判断好了。”这番话在我听起来就像是下战书。结果，要说输赢的话，当然是我输了。因为“防盗带电钱包”获得了知事奖，并被推选参加全国大赛，又获得了相当于中学组第三名的特别奖，获得了很高的评价。

*

为了弄清爱美死亡的真相，我把 A 叫到了化学实验室。当时，我深感自责，难道我现在真的不能为孩子做些什么吗？化学实验室正是激起我这个念头的场所。放学后，其实是由于缩短了上课时间，中午就放学了。我把小棉兔绒布挎包递给若无其事地来到实验室的 A，学着他作案时对女儿说话的口气说：“里面有好东西，打开来看看。”A 当然不会去碰它。太遗憾了。我白白做了这个具有相当于改良电击枪威力的东西了。就是这么回事，这种东西只要稍微学习一下，谁都能做出来。是不是真的去做，则要看每个人的道德观了。

看来他终于明白了，察觉到了我为什么叫他来。A 仿佛在等这一天到来似的，得意扬扬地说起真相来。那个钱包，果然是 A 所说的行刑机器。

A 先把做出来的“杰作”在看录像的同学圈子里做试验。“好厉害”，虽然得到大家这样的赞美，但对于这等不过是吓人暗箱程度的反应，A 感觉不过瘾。这些家伙理解不了我的本事，那我给能够理解我的家伙瞧瞧吧。于是他就拿着那玩意儿来找我了。我的反应让 A 很满意。但是 A 误会我了。因为我觉得危险的并不是钱包，而是 A 的道德观。认定“危险＝钱包”的 A，确信这样吓我一下，就能够让大家知道行刑机器有多了不起，甚至临走的时候还故意说了挑衅的话刺激我。然而出乎 A 的意料，大惊小怪的最终只有我一个人。于是 A 思考起来，即便在网站上公开钱包，看的人也都是些不识货的家伙。既然如此，就要给能识货的家伙们看一看。

于是，他参加了全国中学生科技展。评审员中，虽然也有科幻小说作家，但不知为什么，大部分都是理工学领域的专家学者。通过在公开场合被名人指出作品具有危险性，让人们了解行刑机器，而自己会成为危险人物而备受瞩目，A 就是这么盘算的。但是，如果钱包在初选阶段就被当作危险品遭到淘汰的话可就惨了。为此，他写报告时就下了番功夫，让人感觉到一种充满了孩子气的幼稚的正义感。或许是功夫不负有心人吧，一直到最后，A 都被评价为身心健康的中学生。在全国大赛的赛场上，连时常上电视的益智猜谜节目的著名大学教授都称赞他："你真不简单啊，我都做不出这样的东西。"这是由于在众多借助机器人辅助功能类的作品中，这个钱包着眼于防盗对策，而且自身具有防盗功能，并非依靠蜂鸣警报器等。这是对其创意的肯定，但是 A 误以为是对自己的技术与才能的高度评价。由此可见他还是个孩子啊。A 并没有被视为危险人物，还接受了本地报纸的访问，他踌躇满志地说："虽然跟预期有点儿不一样，但我也知足啦。"看着高兴地接受采访的 A，我也放下心来，心想："看来这孩子只是希望引起别人的注意而已。如果今后继续这样把精力投入到积极方面就好了。"我天真地以为一切问题终于都解决了。我为他这事可没少操心。

暑假过半，本地报纸大幅刊登有关 A 的报道的当天，占了整版篇幅的新闻就是"T 市一家五口灭门案"。而后的电视和杂志上全都在谈论这个案子。第二学期开学后，A 没有受到全校大会的表扬，也没有人提到 A 上报纸或是被知名大学教授称赞的事，大家的话题清一色是露娜希事件。因为做了好事被表扬，哪有人会注意呢？”露娜希有什么了不起的。她使用了氰化钾？那不就是用现成的东西杀人吗？要是我的话，连杀人工具都会自己做。那样一来，大家就会更注意我了。”该案闹得越是沸沸扬扬，A 的忌妒心就越是膨胀起来。于是 A 开始埋头制作行刑机器。

*

B 从刚入学的时候就是个很招人喜欢的孩子，性情也很温和，果然是个在双亲和两个年龄相差很大的姐姐的关爱呵护下幸福成长的孩子啊。我跟 A 谈完后，就打电话给已经回家的 B，叫他到学校的游泳池来。想必这个敏感的地点让 B 觉察到我的用意了吧，他不肯出来，让我去他家。傍晚时，我就去了 B 的家。B 问我：“让妈妈也在旁边可以吗？”我突然去家庭访问，B 的母亲显得不知所措，可见她还毫不知情。我同意了 B 的要求后，他就在母亲的陪伴下，开始讲述自开学以来发生的种种事情。

B 一入学就立刻加入了网球社。大概是想要进行某种运动，感觉打网球显得很酷吧。可是加入社团之后发现，从小学就开始打球的学生一到五月就上了球场，而上了中学才开始打球的人老是在练基本功，到了五月，连网球拍都拿不上。虽说 B 就属于后者，但新团员半数以上都跟自己一样，所以他也不怎么介意。进入六月后，终于可以拿球拍练习了。上学或放学时，他都拎着网球拍袋子，觉得自己还挺帅的。暑假开始后，教练户仓老师公布了分组练习表。有强化攻击组、强化防守组等等。B 分在强化体力组。其他组都是六个人，B 这个组却只有三个人。而且其中的 D 同学是早已不来参加社团活动的幽灵成员，另外一人则是绰号凯西的瘦小苍白的 E 同学。B 每天的训练只是和凯西一起绕着学校跑步。B 并不觉得自己的体能比其他组的成员差多少，对此甚为不满。有一天，参加别的社团活动的同班女同学问他：“B 同学不是网球社的吗？为什么跑步呢？”这对于 B 而言太丢脸了，一气之下就要求户仓老师把他换到其他组去。老师问他：“你是不喜欢跑步，还是不喜欢被别人看见跟凯西一起跑步啊？”当然是因为后者，但是 B 说不出口。老师对沉默不语的 B 严厉地说：“老是在意别人的眼光，是无法提高的。分组练习还有一个星期，坚持到底吧。”但是第二天，B 就让母亲打电话退出了网球社，去上补习班了，那是一个位于市中心的以热心辅导出名的补习班。

第二学期开学后，原本成绩一般的 B 成绩快速提升。期中考的平均分数比第一学期高了将近 15 分。在按成绩分班的补习班里，一开始是分在倒数第二的 E 班，两个月后就升上了 B 班。刚入学的时候，成绩跟 B 差不多的 F 同学，从十一月起和 B 上了同一个补习班。F 同学一开始分在 D 班。思春期的特征就是，学业、运动或是艺术之类的才能会突飞猛进。只要努力就会有成果，这样越来越有自信，就会更加努力。也有很多人对自己的能力过于自信。但是就像有名的运动选手也有低潮期一样，才能发展到一定程度必然会遇到瓶颈，其实从此时开始才是胜负的关键。有的人认为自己的能力也就到头了，从而直线下降；有的人没有成绩也不焦急，继续努力，保持现状；还有的人把现在看作需要加把劲的时候，努力地突破瓶颈，更上一层楼。我担任三年级的班主任时，考试前常会有家长说："这孩子只要努力就没问题。"可是大部分的"这孩子"是在这个关卡直线下降的学生。因为他们并非"只要努力就没问题"，而是"不能够去努力"。

B 也是第一次来到了这样的转折点。

放寒假后，B 的成绩开始原地踏步，并且出现了下滑的趋势。"即便成绩单稍微好了一点儿，可是新年假期心一浮，马上就会落后的！"新年过后，第三学期刚开始，如同电视广告上看到的那样，B 在全班同学的面前，受到了补习班老师的严厉训斥。就算成绩有些下降，也没有必要在全班面前呵斥我呀。B 的心情坏到家了。但是还有更让他不爽的事。B 仍旧留在 B 班，F 同学却升入了 A 班。满肚子气的B在补习班下课之后也不回家，去了游乐场。由于过年刚刚得到压岁钱，钱包鼓鼓的。打电玩入迷的B突然发现自己被一群高中生包围了，要抢走他的钱包。B拼命抵抗，就在被围殴的千钧一发之际，被巡回的校外辅导警察发现，救了下来。当时已经过了晚上十一点，警察打电话给我家，我就直接打电话给户仓老师。B看见来接自己的不是班主任，而是不愿意见到的户仓老师，很受刺激。B问："为什么森口老师没来？"户仓老师说："没办法，她是女老师啊。"而B就误解为我被家庭拖累。他觉得，反正这种单亲妈妈老师，会把自己的小孩看得比班上的学生更重要。"你被补习班的老师说了几句，就这么赌气胡来吗？你这样总是在意别人的眼光，稍微一挨说就闹别扭，进了社会以后会吃更大的苦头呢。"户仓老师开车送B回家的时候这样开导他。尽管B说些"言语暴力让我很受伤"之类天真的话，但我很佩服户仓老师，他并非只是呵斥学生，而是很细致地观察学生。

B讲到这里为止，他母亲在旁边不知说了多少次"真可怜"。我心想，真是可怜天下父母心，不过做母亲的，能有这么个可以任性宠爱的孩子真是令人羡慕。B虽然是受害者，但是S中学的校规禁止学生出入电玩游乐场。B因违反校规受到的处分是每天放学后，打扫游泳池畔和更衣室各一小时。时间一周。

*

二月初，A 成功地将拉链上的电压增加至三倍。他抓耳挠腮地想试验一下效果。就在此时，上课时，A 看见坐在旁边课桌的 B 在笔记本的边缘乱写了个“去死吧”。下课后，A 就若无其事地对 B 说：“我刚弄到一个很刺激的片子，你想不想看啊？”B 老早就对 A 的片子感兴趣，立刻就聊得特别投机。见 B 放松了戒心后，A 就问：“你有没有想教训的家伙？”B 一下子没有反应过来，A 解释说：“电人钱包已经成功升级啦，只是还没有机会试验一下。我觉得这玩意儿是为了教训坏人发明的，当然也应该拿坏人来试验啦。”B 当然知道电人钱包的事，而且曾经很羡慕 A 参加了全国大赛。于是 B 立刻说出了户仓老师的名字。可是，A 其实就是个不靠工具什么也做不成的胆小鬼，碰到比自己强的对象立刻就退缩了。于是 A 表示“我可不想招惹那个家伙”。然后 B 就提到了我。因为那天我没有去，而是让户仓老师去警察局接的他，所以 B 把矛头指向了我。但是也被 A 否定了。理由好像是估计我不会上同样的当两次。大概是因为 A 很清楚我即使上了当，也不会到处嚷嚷，不会收到什么效果吧。这时，B 想起了在打扫游泳池周边的时候看见过爱美。“森口的小孩怎么样？”这回 A 同意了。A 也知道每个星期三放学后，我都会把爱美带到学校来。B 告诉 A，爱美常常自己一个人来游泳池喂狗，以及在购物中心，爱美想要小棉兔绒布挎包，我不肯买给她的事。“绒布挎包”这个词让A灵机一动。

下一个星期三，A和B放学后埋伏在游泳池的更衣室里，看见爱美一个人到游泳池边来了。她直奔毛球而去，拿出藏在运动衫里的面包，隔着栅栏喂它。A和B从爱美背后走近她。B露出亲切的笑容，首先开口说：“你好。你是小爱美吧。我们是你妈妈班上的学生。对了，前几天我在购物中心见过你呢。”爱美显得很警觉。A猜想她是担心自己到这里来的事情被妈妈发现。于是，A把手藏在背后，亲热地跟爱美搭话。“你喜欢狗狗吗？我们也喜欢。所以常常来这里喂它吃的呢。”既然是常常来喂毛球的哥哥们，爱美自然放下了戒心。这时A把藏在背后的绒布小挎包拿出来给爱美看。“上次妈妈没有买给你吧？还是已经买了？”爱美摇摇头。“是吧。不然你妈妈也不会拜托我们去买了。虽然早了点儿，可这是妈妈给你的情人节礼物哦。”A把绒布小挎包挂在了爱美脖子上。一听是妈妈给的，爱美非常高兴。“这里面装着巧克力呢，快点儿打开来看看吧。”爱美在A的催促之下，伸手拉拉链。就在这个瞬间，爱美一下子倒在了地上，连一声都没叫唤。夕阳余晖下的爱美一动也不动。“成功了！”A笑容满面地说。眼前的场景让B难以置信。“这是怎么搞的？这个小孩怎么不动了？”B用颤抖的声音追问A。“你去跟别人宣传好了。”A 说完，推开 B 放在他肩膀上的手，心满意足地离开了。这个小孩不会是死了吧？被一个人留在这里的 B 吓得魂不附体，不敢看爱美，只是呆呆地看着绒布小挎包上的小棉兔。要是孩子这样死了，我不就成共犯了吗？ B 眼睛看着别处，从爱美脖子上把绒布小挎包拿下来，用尽全力扔进栅栏里面去。对了，就让她不小心掉到游泳池里吧。B 抱起爱美，把她扔进了冰冷混浊的水里，然后撒开腿逃跑了。B 最后补充说：“当时因为太惊慌了，记不太清了。”不过说到这个程度已经足够了。

以上就是爱美死亡的真相。

*

尽管我已经知道了真相，A 和 B 每天还是照常来上学。警察好像也没有到学校来过。为什么会这样呢？当 A 神情恍惚地坦白一切之后，我对他说：“即便是这样，这件事也是个意外。警察绝对不会把它看作你所期望的惊天动地的杀人案件的。”我对把一切都坦白之后松了一口气的 B，以及听了自己儿子的告白惊讶得说不出话来的 B 的母亲说：“身为母亲，我恨不得把 A 和 B 都杀了。但我也是一名教师。虽说告诉警方真相，将凶手绳之以法是成年人的义务，但教师也有保护学生的义务。警方既然已经断定为意外，我也不打算翻案。”你们不觉得听起来很像神职人员说的话吗？B的父亲下班回家后，听说了此事，打电话来说要给我赔偿金，但是我拒绝了。因为我要是收了他们的钱，对B而言，这件事就彻底了结了。“我希望B能够不忘自己犯下的罪，永远走正道。当B承受不住沉重的罪恶感的时候，还请做父亲的用温暖的亲情去守护和帮助他。”我这样说也相当让人感动吧？

“要是A再杀人怎么办呢？”

你们很冷静嘛。这就叫作打电玩的脑了吧？看你们听我讲述谋杀案，比听HIV的事要平静得多，我是无法理解的。不过，说A还会杀人是不对的。竹中太太来我家的那天晚上，我到学校去，把绒布小挎包拆开，重新把电线连接起来测了电压。详细数值就不说了，结论是，别说有心脏病的人了，就连四岁小孩也不会因此而停止心跳。我直接用手试了试，比我以前湿手碰到外挂的洗衣机电线时的触电强度差远了。我推测爱美只不过是昏倒罢了。刚才我也说了，爱美的死因是“溺死”。案发第二天，A听到爱美的尸体在游泳池里被发现后，责问过B：“你干吗多管闲事啊！”尽管出发点完全不同，我也想对B说同样的话：“即便你不去叫人也没关系，至少你应该什么也不做，赶紧逃走啊……”

那样的话，我的爱美还会活着的。

*

我并不是想要当神职人员。

之所以没有跟警察说明真相，是因为不想把A和B交给法律去处罚。A虽然有杀意但没有直接下手，B虽然没有杀意却杀了人。就算交给警方，两个人别说是进少年院了，可能只是给个假释处罚，其实就是无罪释放。我恨不得把A电死，让B淹死。可是就算我这样做了，爱美也回不来了，而且A和B也无法忏悔自己犯下的罪过。我要让这两个人知道生命的分量，生命的宝贵。我要让他们明白这个道理之后，认识到自己的罪孽深重，背负着沉重的包袱活下去。为了达到这个目的，我该怎么做才好呢？

不是有人就是以这种方式活着的吗？

缺钙，从这个问题转移到这个话题来了，可大家缺乏的并不仅仅是钙。自古以来，日本人就具有能享受食材原味的敏感舌尖，可如今，连甜咖喱和辣咖喱都分不出来的小孩越来越多了。据说这是由于缺锌而导致的味觉障碍。大家的舌尖，不对，A和B的舌尖敏感不敏感呢？牛奶好像全喝完了，你们有没有觉得味道不对劲，比方说有铁锈味，或是其他怪怪的味道呢？多亏是看不见里面的纸盒牛奶，我才能够这么做。我在两人的牛奶里加入了今天早上抽的血。不是我的血。我怀着让二人能成为好孩子的愿望，偷偷采取了一点点“劝世鲜师”——樱宫正义老师的血。

看样子大部分人都明白我在说什么了。

不可能马上知道会不会有效果。两三个月后请你们一定去验一下血。据说，潜伏期通常是五到十年，在这段时间，请尽量体验生命的可贵吧。我深切地希望你们二人能够明白自己犯下的罪孽之深重，对爱美能够发自内心地反省、谢罪。还有，由于还要在一个班里学习，请大家绝对不要排斥他们，要用温暖的态度关爱这两人。我们班应该不会再有人随便发“我想死”这种短信了吧。我还没有想好今后怎样活下去。说不定已经没有自己选择的余地了！那样的话，缓刑就到效果出现为止。“要是没有效果怎么办？”那就请你们尽量小心不要出车祸吧。

这个春假，我会跟我的未婚夫——爱美的父亲在一起平静地过日子，直到他的最后时刻。从案发后，我们就住在一起了。也请大家过个有意义的春假。这一年来，谢谢大家了。

我要说的就是这些。

第二章

殉教者

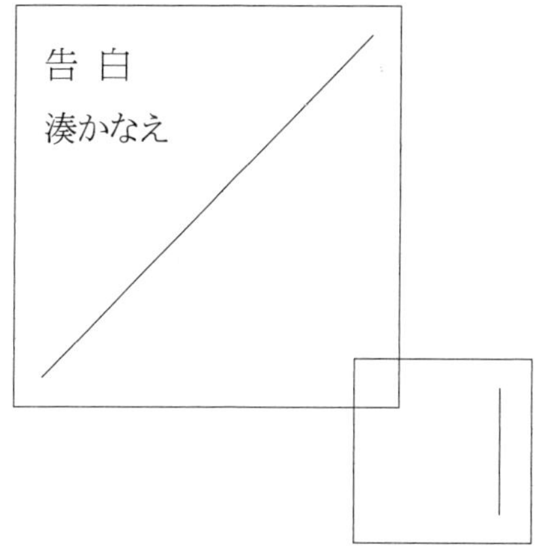

万万没想到寻找悠子老师如此之难，以至于无法相信几个月前还天天见到老师呢。老师没有把夺去宝贝女儿的两个少年交给法律去制裁，而是自己亲手去处罚，然后就从我们面前消失了，是这样吧？我觉得老师这样做有点儿不负责任。要是选择自己惩罚的话，就应该负起责任来，看看那两个少年最后到底怎样了吧！

老师有必要知道惩罚之后发生的事。我出于这个想法写了好长的一封信，可是怎样才能让老师看到呢……思来想去，才想到了一个苦肉计，我就把这封信投给了某文艺杂志的新人奖征稿活动，就是以前老师休息时间常在办公室看的那本杂志。近年来有很多十几岁的获奖者，所以我想也不是没有可能啦。

只是我有点儿担心。那本文艺杂志上“劝世鲜师”的连载专栏的四月号征稿已经结束了。即使这封信得了奖，被刊登出来了，我也不知道老师会不会看到。即便如此，我也想赌一把。

但是老师，我绝对不是在向你祈求帮助。只是有一件事无论如何都想要问问老师。

*

在进入正题之前，我想问问老师是否注意到了班上的气氛？

沉淀、透明、凝结、流动……我认为气氛是在场所有人的气场的混合体。而我每天之所以会异常敏感地嗅到这些气氛，以至于感到窒息，恐怕是因为我一直没有能够融于那混合体吧。总之，虽是春天，在我们B班教室里弥漫着的气氛，一言以蔽之的话，那就是——非常诡异。

*

老师惩罚了直君和修哉君的上学期最后一天，也是直君最后一次到学校来的日子。新学期第一天，二年B班的教室里只有直君没有来。只有直君一个人没来。修哉君来上学了。包括我在内，同学们对于修哉君来上学比对直君没来还感到惊讶。没有人和修哉君说话。大家都远远看着他，互相议论着什么。

修哉君对大家的态度一点儿也不在乎，坐在按照学号顺序排列的自己的座位上，埋头看着包了书皮的文库本。他不是在逞强，从一年级的时候开始每天早上都是这样。没有任何改变。我想，正因为这样，大家才会觉得瘆人。

天气很好，教室窗户都开着，但教室里的空气却很凝重。在沉重的空气中，上课铃响了，新的班主任走进了教室。这位年轻的男老师，在黑板上唰唰几笔，写出了自己的名字。

——从学生时代开始，我就被人叫作“维特”，你们也这样叫我吧。

他突然这么一说，让人有些摸不着头脑，但这信里我姑且叫他维特吧。

——虽说叫这个绰号，但我并没有什么烦恼哦。

尽管听到他这么说，也没有一个孩子发笑。

——喂，你们也多少看看书啊。

维特夸张地摆出一副无可奈何的样子说道。大概因为他的名字叫作良辉，所以被人起了个维特的绰号[1]，和《少年维特之烦恼》挂上钩也可以理解。不过，我真想对他说，喂喂，你才应该看看班上是什么气氛啊。

---

1 良辉的日语发音是“yoshiteru”，维特的日文为ウェルテル，发音是“weruteru”，“良”意为“好”，英语是“well”。即：“良”=“维”，“辉”=“特”。

——哦，我差点儿忘了。直树因患感冒请假……还有其他人缺席吗？

维特虽说是在确认开学第一天的出勤情况，却是亲热地直呼学生的名字，然后立刻开始自我介绍。

——我上中学的时候绝对不是个好学生。背着爸妈抽烟、弄坏讨厌的老师的车子……但是二年级的时候，班主任改变了我。哪个学生有事，他就停下课，诚恳地和我们谈心。为了帮助我，他好像也花了五节英文课吧……哈哈。

我估计没人在听维特的自我介绍。大家的心思都放在了直树感冒没来上学的事上了。

虽然我知道感冒是假的，但直君暂时还没转学让我松了一口气。也有的同学时不时地偷窥修哉君几眼。修哉君虽然像个好学生似的看着老师，其实并没有听老师说话。即便如此，维特依然意气风发地说个没完。

——我今年春天刚刚被学校聘用，所以B班是我带的头一个班，具有纪念意义。为了不对同学们抱有先入为主的成见，我有意不看你们一年级班主任写的品行报告。因此，希望同学们坦诚地与我接触。有什么苦恼的话，随时可以来找我商量，就把我当作哥哥好了，不要当作老师。

先是维特，现在又是哥哥。一口一个“同学们”“同学们”的，热血沸腾地阐述自己理想的维特，最后用新的黄色粉笔在黑板上写了一句英语：ONE FOR ALL！ ALL FOR ONE！[1]从这头一直写到了黑板的另一头，结束了开学典礼前的漫长的班会。

我不知道悠子老师是怎么看我们每一个人的，更难以想象直君和修哉君的品行报告是如何写的。不过，我想，要是维特认真看了报告的话，就不会发生后来的事了。

*

黄金周结束后，直到五月中旬，教室里的气氛还比较平静。直君还是一直没来学校，大家还是都躲着修哉君。

不过，可能是大家已经习惯了躲避（这种说法很奇怪吧），并没有人露骨地表现出对他的厌恶，而是不露声色地很自然地躲着他，仿佛他根本不存在一样。凝重的空气一旦固定下来，也就变得理所当然了，感觉不到气氛那么令人窒息了。

一天晚上，电视里播出了一个以教育为专题的节目。

节目里介绍了某地方的中学“在早晨班会上利用短短十分钟，

---

1 全都结束了。

全班一起读书”。读书不仅可以丰富感性，还能增强注意力，提升学习能力。我看着电视，想起了修哉君。

第二天，在教室后方设立了班级读书角。是维特从自己家带来的组合柜和图书构成的。

——这些是我淘汰的书籍，不好意思，大家都来读书，充实我们的心灵吧！

我觉得这想法虽说很简单，倒是个不坏的主意。只是看到那一排排的书，大家顿时愕然了。就连对长得还顺眼的维特开始抱有好感的志保那帮女孩，这时候也都打起了退堂鼓。因为三层组合柜的最上层，全部都是“劝世鲜师”的著作。

大概是看见大家对自己倾力开创的班级读书角反应冷淡，维特有些不满吧，在他的一节数学课上，我们都在做习题，他走到教室后面，突然拿下一本书，大声朗诵起来。

——我对宗教虽然毫无兴趣，但是，不知从什么时候开始，我就在浪迹天涯的时候随身带着《圣经》了。《马太福音》第十八章里有这么一段：“一个人若有一百只羊，一只走迷了路，你们的意思如何？他岂不撇下这九十九只，往山里去找那只迷路的羊吗？若是找着了，我实在告诉你们：他为这一只羊欢喜，比为那没有迷路的九十九只欢喜还大呢！”……我在这里看见了教育的真谛。

维特念到这里合上书，慢慢地说出了下面的话。

——今天的数学课改为班会。大家一起思考一下直树的事吧。

他大概是把直树看作迷途的羔羊了吧。连课堂上做的习题答案也不对，维特让我们把课本收起来。直君不来上学的理由，开学第一个星期是感冒，之后变成身体不舒服了。

维特是这么说的。

——在此之前，我一直对大家说，直树是因为身体不好而请假。但是，直树并不是装病没来上学。其实，直树有来上学的意愿，但是他的心魔阻止他来。

意愿和心似乎是在同一个地方吧。这到底是维特自己的解释呢，还是直树的妈妈这样说的呢，就不得而知了。

——我一直对同学们说假话，对不起。

我觉得维特这样道歉有点儿可怜。直君或许的确有心病，但是，不知道他会这样的原因，这个班里恐怕只有维特一个人。那天，悠子老师告白的事件真相，应该没有人会告诉B班以外的人的。老师离开教室后，刚一放学，全班的手机都接到了同样的简讯邮件：

把B班里的告白传出去的家伙，被看作少年C。

为了联络方便，班上所有人都可以相互登录对方的邮箱，但这邮件是谁发的却无法知道。

维特提出了这样一个建议。

——让我们一起来创造一个让直树想上学的环境吧。

对他的提议，大家都默不作声。连渐渐附和起了维特无聊笑话的健太君都低头不语。维特见大家都不吭声，以为在认真地考虑他说的话，于是露出了满意的神色，提出了好几个方法。也说不定他压根就没打算征求大家的意见。

——大家来把上课的笔记的复印件送到直树家吧。

教室里好几处响起了明显不情愿的“啊——”声。

——亮治，你为什么这种态度呢？

维特询问发声最大的亮治。亮治一吐舌头，低下头顺口编了个不错的借口：“因为我家在相反的方向……”

——这样吧，大家轮流复印笔记，我和美月同学每星期一次送到直树家去好了。

为什么是我？因为今年我是班长（顺便提一下，副班长是佑介），而且我家离直树家很近。尽管我没有露出不情愿的表情，接受了这个任务，维特却对我说：

——美月是不是对我有什么顾虑？

我不知道他为什么这么问。

——美月没有什么绰号吗？

看来维特是不满意我不叫他维特。虽说如此，也不是全班每个人都叫他维特啊。由于大家平时都叫我美月，所以我就回答“没有”。就在这时候，绫香大声说：“美白！”的确，我小学低年级的时候，几乎全班同学都这样叫我。

——这不是很可爱的绰号嘛！很好，从今天开始我也叫美月“美白”了。其他同学也这么叫好吗？大家在一个班里就是缘分啊。通过这样做，来打破彼此之间存在的心理隔膜吧！

由于维特的热心呼吁，我从那天开始再度被人叫作美白了。

*

第一次送笔记去直树家是五月的第三个星期五。小学低年级的时候，我常常和直树的二姐一起玩儿，所以去过他家很多次。

迎接维特和我的是直树的妈妈。

虽然好久没见了，阿姨依然像以前一样，妆化得很漂亮，衣着也很讲究。

“这点心是小直喜欢吃的烤松饼。我切洋葱流眼泪时，小直就拿来他最喜欢的手帕给我擦眼泪，对我说，妈妈不要哭了。小直参加书法比赛得了第三名呢。”

小直、小直……以前我和直君的二姐玩儿的时候，直君根本不在场，可阿姨也总是在说直君如何如何。

我以为把笔记送到就可以走了，阿姨却请我们进了客厅。维特虽然有点儿犹豫，但似乎他一开始就有这个打算。

我也曾经在客厅和直君玩过扑克牌、黑白棋之类的。直君的房间就在客厅正上方的二楼，二姐总是对着天井叫："小直，拿扑克牌来。"他二姐现在在东京上大学。我抬头望着天井上方，但是看不出直君在不在上面。阿姨给我们端来红茶，对维特说：

"小直得了'心病'都是去年的班主任造成的。要是所有老师都和您一样热心的话，那孩子也不会变成这样了……"

看阿姨的样子，我明白了直君没有把结业式那天受到的报复告诉妈妈。要是阿姨知道了的话，再怎么样也不会这么平静地发牢骚的。

没有和妈妈说，就说明直君独自一人在苦恼。阿姨一边避免谈起那次事件，一边继续责怪悠子老师。或许她认为儿子只是卷入了意外事件。

直君似乎没有露面的意思，结果，我们就像是专程来听阿姨抱怨似的。但是，不无夸张地附和着阿姨的维特颇有些得意之色。不过他听进去多少，值得怀疑。

"伯母，直树的事就交给我吧。"

维特自信满满地这么说的时候，我听到了一点儿声音，再度抬头望向天井。我想直君应该都听见了。但是第二天、第三天，直君仍旧没有来上学。直君不来学校理所当然，大家避着修哉君也就理所当然了。但是那时候班里的状况算是最好的了。

*

六月的第一个星期一，放学前的班会上，全体学生都发了牛奶。这是由于厚生劳动省实施的“全国中学生乳制品推广运动”（通称“牛奶时间”）有了成效，全县的中学都获得了每日牛奶配给。据说因为喝牛奶不只增加身高和骨密度，而且各个牛奶运动示范学校表示“学坏的学生比往年要少了”，于是提前开始配给牛奶了。

我和副班长佑介把牛奶发给全班同学时，感受到那令大家作呕的回忆复苏了一般沉重的气氛在教室里扩散开来。不过，喝牛奶并不是什么义务。尽管牛奶时间产生了良好的效果，但受到了一些讨厌牛奶的学生家长的抱怨。

你们有强迫孩子喝牛奶的权力吗？

把梦想寄托在小孩身上的没事找事的爸妈怎么这么多啊。我虽然这么想，但拜他们所赐，纸盒牛奶上也不写班级和学号了。教室里津津有味喝着牛奶的也只有维特一个人。

——喂喂，同学们，牛奶对身体很有好处哦。

维特这样呼吁着，一边攥紧纸盒一口气喝光了。恰巧和他四目相对的由美尴尬地小声说：“社团活动结束以后我再喝。”

——原来如此。这样很不错啊。身体疲劳的时候可以补充营养。

维特说完自己扑哧一声笑起来，看见大家把牛奶放到书包里，也不再说什么了。

事情发生在那天放学后。负责打扫教室的修哉君从柜子里拿出扫把的时候，突然响起啪叽一声，有什么东西被砸瘪了。佑介非常精准地把自己的纸盒牛奶扔到背对他的修哉君脚边。我正在自己座位上写班级日志，一时不知道发生了什么事。教室里男女生加起来大约五六个人，全都惊讶地望着佑介。

大家到底怎么看修哉君我不清楚，但我一直以为，无论怎样讨厌他，都不会有人有勇气直接动手的。我虽然写的是勇气，但真的是勇气吗？因为出手的是个性爽朗、运动万能的班级领袖人物佑介，我才会有这种感觉吧。佑介对仍旧背对他站着的修哉君说：

——你这家伙，根本没有反省吧！

然而修哉君只是厌恶地看着溅到裤腿上的牛奶，对佑介一眼都没看，就拎着书包走出了教室。其他几个人都默默看着这一幕。

对修哉君的制裁由此揭开了序幕。

*

我觉得这是因为佑介喜欢悠子老师。

现在回想起来，就算是恭维，悠子老师也称不上是热血教师，但我觉得她总是对每一个学生予以充分肯定。比如最高分的学生、社团活动表现优秀的学生、努力做好学校活动干事职责的学生，等等。她并不是那么大张旗鼓地夸赞，但在班会时或上课之前，都会在大家面前表扬一下，全班同学一起给受表扬的人鼓掌。

我也曾经在班会上得到过好几次大家的鼓掌。班长的工作其实都是在给班上打杂，即便任劳任怨地做得再好，也没有人会感谢你，而老师却以淡淡的语气在全班面前称赞我。我虽然有点儿不好意思，可还是很高兴……

然而维特从不这么做。他喜欢唱有“only one”“number one”等等歌词的那首歌曲，甚至还在开学典礼上，新教务主任致辞的时候哼唱那首歌的副歌部分。

——我绝对不会只表扬得到第一的学生。我想成为一个能够按照每个人自己做了多少努力来进行评判的一视同仁的老师。

在五月初举行的全县新人赛中，棒球部打败私立学校的强队，挺进了前四名。据说这是S中学首次获得这么好的名次，地方报纸还刊登了一篇附有照片的报道。其中最活跃的是四号主力投手佑介。

大赛之后，佑介当选了全县的模范选手，还接受了个人专访。全班都为佑介的出色表现而高兴（修哉君怎么想就不知道了）。新学期开始以来，B 班第一次流动起了愉快的气氛。给这愉快的氛围泼冷水的却是维特。

——佑介的表现的确很出色。但是努力的只有佑介一个人吗？棒球是团队竞技。不管是多棒的投手，一个人也没法打棒球。所以我想把赞美送给包括佑介在内的其他八名队员，以及其他没有上场的替补队员。

维特为什么不在称赞佑介之后再说这些话呢？换作悠子老师的话，一定会先称赞佑介，然后称赞棒球队全体队员，最后让我们大家拍手祝贺。

不只是佑介，曾经受到过悠子老师表扬的学生当时或许没注意到，但一定会觉得有些失落吧。想要发泄失落的感觉吧。当然大家并不是出于这种心情开始攻击修哉君的。

*

我每星期五都和维特一起去直君家。第一次去的时候，直君的妈妈请我们进了客厅，发了一堆牢骚，但是随着去的次数增多，她应对的时间越来越短，接待地点也从客厅变成了玄关，到后来玄关也没让进，连门链都不摘下，只让我们从门缝中把信封递进去了。

我从细细的门缝里看见直君的妈妈，虽然仍旧化妆化得很漂亮，但嘴角好像有些肿。

直君的大姐已经出嫁，爸爸每天都很晚回家，家里只有直君和妈妈两个人。而直君心里埋藏着无法对妈妈说出的巨大苦恼。

我跟维特说，就算继续家庭访问，直君也不会来上学，甚至有可能给他造成更多的压力。维特一瞬间露出不快的表情，但立刻笑着说：

——我想现在对彼此来说都是关键时刻，只要越过这个关卡，他一定会明白的。

看来他完全不打算放弃家庭访问。他说的彼此是谁和谁？所谓的关键时刻，又是指什么状况呢？说穿了，维特到底见没见过从开学那天就没来学校的直君呢？事到如今我连问也不想问了。

到了星期一，维特在数学课上拿出一张彩色纸。

——大家在这上面写一句鼓励的话给直树吧！

我做好了面对沉闷气氛的精神准备。然而教室里的气氛有点儿异样，跟我想象的不太一样。

有的女生一边写一边哧哧地笑，也有男生嘻嘻笑着。我不知道他们在笑什么。彩纸传到我这里的时候已经写满了三分之二。其中有这样的句子：

人都不是孤独的。虽然世道险恶，还是幸福地活着吧。

一定要相信，NEVER GIVE UP！[1]

……现在这样写出来，我才恍然大悟。我真是个大傻瓜。因为此时，大家已经开始享受那诡异的气氛了。

*

那天，悠子老师给我们讲了少年法。我虽是受到保护的一方，但在老师提起这个话题之前，我就一直对少年法抱有疑问。

比方说“H 市残杀母子案”的少年犯（现在已经不是少年了），杀害了女人和婴儿。我看到电视上再三播放受害者的家属哭诉两个人是因为多么微不足道的原因，被怎样残忍杀害，以及生前过着多么幸福的生活等等。

每次看到这些画面，我都在想，何必要审判呢？把犯人交给受害者的家属，随便他们怎样处置不行吗？就像老师自己制裁直君和

1　永不放弃。

修哉君一样，应该赋予受害者家属惩罚犯人的权利。如果没有人惩罚的话，再进行审判好了。

不只是对少年犯，过分地庇护犯人，平静地表述任何人听来都觉得牵强的理由进行辩护的律师也让我生气。那种人或许有自己崇高的理想，即便如此，每次在电视上看到那个律师，我还是在想，此人要是走在我前面，我绝对会踹他后背一脚，要是知道这人住哪儿的话，我恨不得去他家扔石头。

尽管我和原告或被告都不认识，只是从报纸和电视的新闻报道中知道这个发生在遥远城市的案件。既然连我都会这么想，全日本有这种念头的人应该很多吧?

但是我现在写这封信的时候，想法有点儿改变了。

无论对于多么残忍的罪犯，审判毕竟是必要的吧。这绝不是从犯人的角度考虑。我认为，是为了阻止世人误会他人、行为失控，而需要审判的。

绝大多数人多多少少都有着想要受到别人赞赏的诉求。但是做好事，做惊天动地的事太难了。那么最简单的方法是什么呢? 那就是谴责做坏事的人。即便如此，率先发难的人，站在谴责最前线的人还是需要相当大的勇气的。因为很可能只是自己孤军奋战。而跟着带头的人去做就简单了。不需要有自己的想法，只要一句“我也同意”就足够了。这样既当了好人，还能发泄日常的压力，岂不是可以获得无法形容的快慰吗？一旦尝到了甜头，当一次制裁结束后，为了获得新的快感就会找寻下一个制裁对象吧。一开始的目的是要谴责罪大恶极之人，渐渐就会变成想方设法去制造能够制裁的对象了。

到了这个地步，就和中世纪欧洲的女巫审判没什么两样了。愚蠢的庸人们忘记了一件最重要的事情，那就是，自己并没有制裁他人的权力……

*

从佑介朝修哉君扔牛奶盒的第二天开始，修哉君的书桌里就塞满了牛奶纸盒。严重的时候，不仅有一星期以前的——令人不解的是，之前这些牛奶盒子都藏到哪儿去了——还有破了口的。他的鞋箱和储物柜也未能幸免。修哉君每天早上来学校后，第一件事就是默默地收拾它们。他的笔记本、运动服等不翼而飞是常事，我还看见过他的课本每一页上都写了“杀人犯”。

尽管大家都无视修哉君，但搞恶作剧的只是少数几个忘乎所以、不明真相的同学罢了。

但是，有一天全班的手机都收到了一句这样的短信：

让修哉君受到天谴！积攒制裁分数！

发信人和老师告白之后收到的短信是一样的。所谓制裁分数，是要大家向这个邮址报告自己对修哉君做了什么，根据这个报告给出分数，每个星期六结算，全班分数最少的人，从下个星期开始就会被视为杀人犯的同党，接受同样的制裁。

虽然我丝毫不同情修哉君，但这种做法也太愚蠢了，我根本不予理会。我以为不会有人把这种短信当真。但是几天后放学时，我偶然看见美术部老实胆小的由香里和早纪把纸盒牛奶放进修哉君的鞋箱之后发短信时，不禁惊呆了。

连她们都参加的话，没有分数的恐怕只有我一个人了。

接下来的星期一，我很紧张地去上学。但是那天一如平常。我想，没有分数的人除了我之外，也许还有别人吧。

可见并不是所有人都变得不正常了，我感觉就像得救了似的。

*

六月的第四个星期，期末考试在即，数学课却突然改为开班会了。

——昨天交来的作业本里，夹了这么一张纸条。

维特草草讲了几句课业之后，拿出一张 B5 大小的纸在大家面前哗啦哗啦挥动着。前排的座位发出“啊”的一声。纸上用文字处理机打了几个字，从我的座位上看不清楚。

——班上有同学受欺负。

维特大声地念出了纸上的字。我暗想，是有人想要改变班上的气氛，这位男生或是女生的勇气让我佩服。不过写纸条的人恐怕没有想到老师会马上在全班面前公开出来吧。对于出乎意料的局面，他心里可能正吓得不得了呢。

维特扫视全班说：

——我不会说这是夹在谁的作业里的，但我想跟大家谈谈这个问题。我最近也发现班上的情况不大对头。一向认真学习的修哉君说，这个月丢失了三次作业，换了三次新本子。不只是作业本，拖鞋和运动服也都换了新的。我觉得该是问问修哉君这是怎么回事的时候了。不过在我问他之前，班上有勇气的学生给我发来了求救信号。这让我非常高兴。但是……这不是欺负。针对修哉君的恶作剧并不是欺负，而是忌妒。证据就是，他并没有受到直接的暴力，而是间接的，他的用品受到了破坏。修哉君在全年级的成绩是数一数二的。我还听说他参加全国什么大赛时得过奖。所以，在你们之中，有人对修哉君羡慕忌妒恨，想整他也不奇怪。我并不想在这里追究是谁干的。这是全班的问题。所以我希望不管是恶作剧的人，还是没有恶作剧的人都好好听我说。修哉君的确很用功，但你们因此而觉得自己不如修哉君的话就大错特错了。用功是修哉君的个性，同样，你们每一个人也都有自己的个性。所以我希望你们不要去忌妒别人，而是重新审视自己的个性，不断地去磨炼它。也许有人不了解自己的个性，那就尽管来问我吧。虽然我认识大家才短短几个月，但我每天都在仔细观察你们……

就在这时，突然响起手机短信声。“坏了！”孝弘慌忙把手伸进桌子里关了机。学校并不禁止带手机，但是上课的时候必须关掉。维特没收了孝弘的手机，对全班说：

——我现在正为了大家，在说一件非常重要的事情。然而由于一个人不守规矩，就被打断了。连关掉手机这种理所当然的规矩都不能遵守的家伙，还不如小学生……

维特的说教持续了好久。对他来说，自己的话被打断比班上有人被欺负还要严重。向维特求救的纸条的主人可能正在后悔不迭呢。

可是，噩梦由此开始了。女巫审判也开始了。

*

事情就发生在那天放学后。我没有参加任何社团活动，做完值日正准备回家，在鞋箱前被真树叫住了。新学期开始后，真树还是跟以前一样，每天都像个使唤丫头似的讨好绫香。

——绫香好像有事要找你，回教室一趟好吗？

她果然是替绫香传话呢。我知道不会有什么好事，但要是拒绝的话，可能会惹麻烦，所以我只好回了教室。

我刚从教室后面的门进去，真树就从背后猛地踹了我一脚。我一下子跪在了地上，惊讶地抬头一看，绫香就站在我面前。还有五六个男女同学把我围在当中。

——跟维特打小报告的是你吧，美白。

绫香说。这是天大的误会。其实，在回教室途中我多少也猜到了。

——不是我。

我看着绫香的眼睛说。但是绫香根本不听我说。

——骗人，咱们班里会做出这种事的人，除了你没别人……班上有同学受欺负，胡说什么呢？倒是够耸人听闻的。我们不就是制裁杀人犯吗？喂，美白，你不觉得悠子老师很可怜吗？要不然，你也是杀人犯的同党？

我觉得反驳她都愚蠢至极，只是默默地摇头。

——知道了。那就证明给我们看吧。

绫香递给我一盒牛奶。

——你如果用这个砸他，我就相信你是清白的。

我接过纸盒，往绫香旁边一瞧，看见了修哉君。他的手脚被胶带缠住，倒在地上。大家怪笑着瞅着我。

现在我要是不朝修哉君扔牛奶盒，明天我也会和他一起受欺负的。他们甚至有可能向我发泄不能直接对修哉君出手的郁愤。

我和修哉君的视线对上了。他的眼神里并没有求救的意思，也没愤怒，眼神非常平静，不知道他在想什么。我望着他对自己说，他什么也没有想。因为他没有人的感情。他是可怕的杀人凶手。悠子老师说，虽然直接下手的是直君，但若不是他，就不会发生那件事了！

杀人凶手！杀人凶手！杀人凶手！……我不再犹豫了。

我站起来朝修哉君走近两三步，然后对准他的胸部，举起了手，使劲一闭眼睛，把牛奶盒狠狠扔过去。只听见啪叽一声响，在那一瞬间，我感到从体内涌上来一股奇妙的恍惚感。

这个杀人凶手，要狠狠教训他！

更狠、更狠的，这就是制裁！

阻止了这个信号在我体内穿行的是大家的笑声。他们嘎嘎大笑着，笑声非常怪异。我慢慢睁开眼睛，同时倒抽了一口气。只见牛奶从修哉君的脸上滴答滴答地流了下来，他右边的脸颊是红肿的。原来我扔出去的牛奶打中的不是胸口，而是他的脸。

——太准了！美白。

绫香这么一说，大家笑得更厉害了。他们为什么这么高兴啊……修哉君望着我的眼神和我出手前是一样的，但是我感觉他此时的目光似乎在说着什么。

你有制裁我的权力吗?

在我眼中，修哉君仿佛是被愚民们冒犯的圣人。

——对不起……

我脱口而出的这句话，没能逃过绫香的耳朵。

——等一下，这家伙刚才对杀人犯道歉了呢。告密的果然是美白！处罚背叛者！

绫香俨然圣女贞德般大声说道。她本人应该是不知道这位历史人物的大名的……

没等我逃跑，两只手臂就被人从背后抓住了，我虽然知道是班上的男生，但不知道是谁。好痛。好可怕。救命啊……我脑子里只有这些念头。

——从今天开始，你就是这家伙的同党了。

绫香话音一落，我背后的人就用力把我摁跪在了地板上。修哉君的脸距离我只有几厘米。

亲嘴！亲嘴！亲嘴！

不知是谁领头喊的，他们一边叫一边拍手。不要！不要！不要！我拼命喊叫着，却恐惧得发不出声音。背后勒住我的那个人一只手抓住我的头发，稍稍揪起来一些，然后将我的脸压在了修哉君的脸上……我听见了可恶的电子音。

——快看！绫香，好刺激的镜头啊！

由于真树的声音，我被放开了。我抬起头，看见他们围着真树看她手机拍下的照片。然后又嘎嘎地笑起来。

——美白，这是初吻吧？

绫香拿过真树的手机，把手机举到我眼前。那上面是我和修哉君嘴贴嘴的照片。

——这个照片怎么处理，就看你的表现喽，美白。

悠子老师，如果直君和修哉君是杀人犯的话，那么这些孩子又是什么呢？

*

我记不清后来是怎么回的家了。

我脱掉沾上牛奶臭味的校服，洗了后，晚饭也不吃就躲进了自己房间里。手臂上还残留着被人反绞的疼痛感，嘎嘎的笑声在耳边萦绕不去，我止不住地颤抖着。我真希望天永远都不要亮。要是有一颗核弹飞来，将一切炸飞就好了。

一闭上眼睛，仿佛就会看到那可怕的影像似的，让我根本无法入睡。

半夜十二点左右，手机来了个短信。说不定是那张照片传来了。我胆战心惊地打开手机一看，是个眼生的号码。原来是修哉君。说他现在在附近的便利店外面，要我去那儿跟他见个面。我虽然有点儿迟疑，还是去了。

修哉君把自行车停在便利店停车场旁边，站在自行车前等我。我不知道该以什么表情面对他，也不知道该说什么，只是默默地走到他面前。修哉君也一言不发地从牛仔裤口袋里拿出一张折叠成小方块的纸，展开来递到我眼前。

虽然有路灯，但看不清楚上面写着什么。我退后了一点儿，凝神看去，上面有好几个数字。看到最后一项，我才发觉这是修哉君的验血结果。仔细一看，最上端印着修哉君的名字和检查日期，日期是一周前。

——回家的时候收到的。就是这么回事。

修哉君把纸折回原样，放进了口袋里。不知何时我已流下了眼泪。然而我不想让修哉君以为我是因为放了心而流泪。

——我早就知道了。

听我这么一说，修哉君吃惊地望着我。那并不是杀人魔鬼少年A的面孔，而是许久不见的充满某种感情的面孔。

——我有话要对修哉君说。

修哉君从自动贩卖机买了两罐果汁放进自行车筐里，叫我坐在后架上。要谈论那件事的话，深夜的便利店太热闹了。

*

三更半夜二人同乘一辆自行车，不知别人是怎么看我们的？一路上，我们几乎没有遇到行人或车辆。本来就不是那种恋人关系，可我心里还是有点儿慌乱。

我一直以为修哉君很瘦，其实他的背比我想象的要宽。不知是不是这个缘故，我感觉修哉君就像是来拯救在黑暗中期望世界尽快毁灭的我似的。

倘若是为了救我，他半夜三更跑来的话，我也必须告诉他那件事不可……

骑了大约十五分钟，修哉君把自行车停在了远离住宅区的河边的一栋平房外面。这里不是修哉君的家，看样子也没人住，但修哉君从口袋中掏出钥匙打开了大门。我有些不安地看着，修哉君告诉我这里是已经去世的奶奶的家，现在当他家的货仓使用。

走进玄关，修哉君开了灯，连走廊上都堆着许多大纸箱。因堆满了东西而通风不好，屋里热得就像桑拿屋一样。我们就坐在了门口。我一边两手来回滚着修哉君买的葡萄柚果汁罐，一边对修哉君说起了那天我做了什么。那是连悠子老师也不知道的事。

*

对于悠子老师讲的那番话，有一点我实在无法相信。就是最后的部分。听的时候只觉得背脊阵阵发凉，老师实在太可怕了。

老师走了以后，直君走出教室，大家都逃也似的跑了出去，最后只剩下我一人。我也正打算走的时候，看见黑板旁边的桌上还放着装空牛奶盒的箱子。

值日生是谁呀？我心想，不管是谁，肯定不愿意碰这东西的。我的视线自然而然地落在直君和修哉君的牛奶盒上。

你还记得老师的那番话里一再提到“道德观”吧。那么，一再强调“道德观”的老师自己的道德观是怎样的呢？我虽然在某种程度上可以想象老师的痛苦悲伤，但不可能完全理解。我虽然有喜欢的人，但那人还活着，就算想象他死了，也不过是想象而已。我觉得无论老师多么憎恨直君和修哉君，她心里还是残存着“道德观”的吧。

我把两人的牛奶纸盒装进扫除工具柜里的塑料袋中带回了家。当然只是这两人的纸盒不见了的话，以后可能会惹麻烦，所以我没有把全班的牛奶纸盒送到回收处去，而是都装在可燃废弃物的垃圾袋里，拿到体育馆后面的垃圾场去扔掉了。虽然路上碰到好几个老师，但他们都说辛苦我了，没有人想到要查垃圾袋里的东西。班长的头衔就是在这种时候才有用的。回家以后我立刻拆开两人的牛奶纸盒，滴入检验血液的溶剂。碰巧我家里有这种药品。

结果正如我猜想的那样。

*

——谢谢你没有对大家说。

我讲完之后，修哉君首先向我道谢。

我很吃惊。因为我并不是为了修哉君才保持沉默的，只是没有可以倾诉这种重大事情的朋友，才没有对别人说罢了。不过，这件事要是让班上同学知道的话，对修哉君的恶作剧保不准会升级，达到暴力的程度呢。

——悠子老师的话，你不相信的只有那个部分？

我点了点头。

——既然相信，单独跟我两个人在这种地方，你不害怕吗？

我再次点头。

——即便我是少年 A 吗？

我直视着修哉君。如果你是少年 A 的话，班上那些人算什么呢？

而且，比这些更可怕的是向他投掷纸盒牛奶的我自己。修哉君的脸颊还有点儿肿。我轻声地说了句“对不起”，一边像要确认自己做的事似的用指尖摸了摸修哉君的面颊。指尖传来修哉君的体温，比想象的要热，我不禁有些惶惑。

我想，不是因为我一直握着冰凉的果汁罐，也不是因为修哉君的脸有点儿肿，也许是我心底一直认定修哉君是冷血的杀人魔也未可知。可是修哉君只是个普通的男生。

——你为什么把验血的结果告诉我？

我从刚才就有这个疑问。

——因为我觉得你和我很像。

原来他不是来拯救我的啊。我有点儿失望，不知该回答什么，正要打开罐头，他问：

——等一下。你都能喝光吗？

我看了看手里三百五十毫升的罐。虽说是碳酸饮料，但也不至于喝不完。不过我明白了修哉君想说什么，而且并不觉得不愉快。

——可能喝不完吧。

我说着放下了罐子。修哉君把自己刚开始喝的那罐递给我。我接过来喝了三口还给他。修哉君喝了几口后又递给我。我们轮流喝着葡萄柚汽水，喝光了之后，就接吻了。我虽然有喜欢的男生，但不是一回事。修哉君是这世上我唯一的同伙。

——明天你一定要去学校啊。

修哉君骑着自行车送我回到见面的那个便利店门口，道别的时候对我说。虽然我讨厌去上学，但如果就此不去的话，就可能一辈子“家里蹲”了。只要有修哉君在，就算挨些欺负我也能忍耐。我向修哉君表示：

——一定去。

*

第二天早上，我一走进教室，有几个男生就吹起了口哨。有的女生还来回看着黑板和我哧哧笑。黑板上画着一把大大的双人伞，伞底下写着我和修哉君的名字。我学着修哉君的样子，不去看任何人，走到自己的座位上去。我的桌上也画着同样的图案，而且还是油性马克笔画的。

——美白，早上好！

在自己座位上被同学团团围住的绫香，一边晃动着手机一边朝我挥手，但我像没看见一样坐在座位上，拿出事先准备好的小说看起来。

这时修哉君进来了。大家发出和我进教室时一样的起哄声，修哉君也看见了黑板上的画。他虽然一如往日面无表情，但是，把书包放在被画上涂鸦的桌上，径直走到正在吹口哨的孝弘跟前。

——哎哟，少年A，有什么话要跟我说吗？

孝弘嘲讽地说道。修哉君没有回答，瞥了孝弘一眼，就咬破了自己的小指尖，用那个指尖在孝弘的右颊上竖着划了一道。这是开始以制裁对抗制裁的信号。孝弘的脸上留下了一道红印。那是修哉君的血。附近的同学都发出惊叫，教室里瞬间陷入结冰一般的沉寂。

——从背后勒住美月的是你吧？你就这么想取悦那个蠢女人吗？

修哉君在孝弘耳边低声说道，然后走到坐着的绫香跟前，伸出那个小拇指，从指尖流出的一道血快要抵达手腕了。绫香用双手掩住自己的脸，但是修哉君用流着血的手握住了绫香放在桌上的手机，对着正在尖叫的绫香说：

——耍这套卑鄙的手段，还自以为了不起吧。少来了。蠢女人，连自己被利用了都不知道。

最后修哉君走到坐在窗边最后面座位的、事不关己似的看热闹的佑介面前。

——就是你教唆那个蠢女人，煽动大家跟我过不去的。你以为我是傻瓜吗？

说完，修哉君把自己的嘴唇压在佑介唇上。教室里的所有人都屏住了呼吸，包括我在内。

——跟男人亲嘴，有什么感想啊？

佑介的表情非常僵硬，一眼就看得出来。修哉君露出悠然自得的笑容，对佑介说：

——制裁？别以正义的英雄自居了好不好。其实你早知道那孩子去游泳池了吧？要是报告老师的话，那孩子说不定就不会死了。你是不是抱有这样的罪恶感呢？你欺负我，觉得好受一点儿了？你知道吗，像你这种浑蛋，就叫作伪善者。你要是再敢挑衅，下次我就把舌头伸进你嘴里去！

从此，再也没有人对修哉君搞恶作剧了。

*

现在是七月了。尽管进入了期末复习考试阶段，我和修哉君还是几乎每天都在那栋平房碰面。从来不曾反抗过父母的我，只要说一声“去朋友家做功课”，即便稍微晚些回家也不会挨骂。而修哉君小学五年级的时候父亲再婚，家里有个小弟弟，所以他好像一直在那个房子里学习，他说，纵然他一个星期不回家也无人过问。

修哉君把最里面的房间叫作研究室。他在那个房间里埋头制作一个像是手表一样的东西，也不好好准备考试。我问他在做什么，他也不解释。不过，我很喜欢在一旁看着一心一意做那个东西的修哉君。直到七月中旬，做完那个东西之后，他才告诉我是测谎器。据他说，皮带上安装了脉搏感知装置，脉搏一乱，表盘就会发光，还嘟嘟作响。

——你来试一试吧。

修哉君对我说。要是触了电可怎么办啊？我虽然忐忑不安，还是提心吊胆地把皮带系在了手腕上。

——你在想，要是触电了可怎么办，对吧？

——什么？没有这么想啊。

哔哔哔哔……表盘发光了，响起了跟便宜闹钟差不多的铃声。

——好厉害！好厉害！修哉君太厉害了！

我佩服地一个劲儿地说着“好厉害”，修哉君有些难为情地笑起来，拉住了我的手。

——有你这句话就足够了……一直以来，我只是希望能够有人这样称赞我……

他指的是那件事，我心想。这是修哉君第一次触及那件事的话题。我伸出另一只手，放在握住我手腕的修哉君的手上。

——小孩子从对方那里得到想要的反应之前，都会越说越夸张的。我的情况也是这样。我在空地上看到猫的尸体了。啊？其实那只猫是我杀的。什么，不会吧。我没骗你。我经常会杀死小猫小狗哦。嘿，真的呀。但不是一般的杀法。那是怎样杀的？是用我自己做的“行刑机器”杀掉的。好厉害啊！……老师，里面有好东西，打开来看看。你说，美月，我到底犯了什么罪？还是杀人罪吧。那么我以后该怎么办呢？

修哉君哭了起来。我默默地抱住修哉君。不知怎么，我手腕上的哔哔声又响了。

那天我回家时，天已经快亮了。

*

针对修哉君的恶作剧停止了，对此最高兴的是维特。在教室里常常可以见到修哉君的笑脸了，期末考试他也是全学年第一名。第二学期举行的学生会干部选举，大家以为B班理所当然推举佑介参选，然而最近也出现了推举修哉君的声音。维特甚是得意，对教室里压抑着的平静气氛毫无察觉。有一次，我看见英文老师在走廊上表扬修哉君的时候，维特在旁边对着修哉君使了个飞眼。

尽管不是对我飞眼，我却恶心得想吐。

但是维特还面临着一个很大的问题。那就是直君的事。如果他一直不来上学的话，第二学期怎么办呢？包括今后的学业安排等在内，也到了该做决定的时候了。

对做不到的事坦言“做不到”，悠子老师这么说的时候有过多少迟疑呢？还没做就说“做不到”的人姑且不说，我觉得这么说需要很大的勇气。但是，维特应该抛开自尊，说出自己“做不到”让直君来上学。

或许他应该跟其他老师讨论一下。比如，不妨建议他转学什么的？

因为直君不能来上学的原因，就在这个班里。

*

第一学期结业式的前一天，放学后我像平时一样，和维特前往直君家。大约六点吧，太阳还很高，我站在他家门外，身上都是汗。

这天，我给直君写了一封信。因为我觉得只把测试牛奶纸盒的结果告诉修哉君而不告诉直君有点儿不公平。当然我只简单写了测试结果，“来学校吧！”之类的话一句也没写。来不来上学暂且不论，我想这封信应该可以让直君放下心里的大石头吧。

大门打开一条缝，维特先把装着复印笔记的纸袋和卷成礼物一样的色纸递给直君的妈妈。真可以，到现在色纸还没给他妈妈呀。不对，不如说是一直忘记给了吧。

他家里可能是开着冷气，我看见直君的妈妈大热天的也穿着厚厚的长袖衣服。看不清楚她的脸。就在她要关门的时候，我打算赶紧把信递进去。然而，维特突然一只脚伸进门缝，朝屋内大喊起来。

——直树，你在的话，好好听我跟你说。其实这个学期痛苦的不只是你一个人。修哉君也非常苦恼。他受到了班上同学的欺负。是非常卑鄙的欺负。我告诉大家这样做是多么不应该。我苦口婆心地劝说他们……大家都明白做错了。直树，先试着对我敞开心扉，诉说你的苦恼好不好？我会认认真真倾听的。我一定会帮你解决的。请你相信我。明天结业式，你一定要到学校来哦。我等你啊。

我顿时火往上冒。你原来不是混淆是非地说什么不是欺负，是忌妒吗？可是，事情一解决怎么就变成欺负了？我朝二楼看去，直树房间的窗帘好像微微晃动了一下。

维特大概是太激动了，晶莹的眼泪在眼眶里闪烁。他对惊愕的直君妈妈深鞠一躬后关上了门。听到喊声，附近的邻居都探头探脑在看，维特也微笑着对他们鞠了个躬，然后转向了我。

——美白，谢谢你一直陪着我来。

维特虽是对着我说话，却好像是说给旁观者听一样，声音特别大。独角戏。从一开始他就在演独角戏。

而我不过是个从第一幕开始看戏的观众。维特带我一起来，是为了让我给他的热心家访做证。我从裙子外面把口袋里没能交给直君的信捏成一团。

那天晚上，直君把阿姨杀死了。

*

第一学期的结业式被压缩了时间，下午召开了 PTA[1] 临时会议。

——昨天晚上，发生了一起与本校学生相关的案件。详细情况目前还在调查中，大家不必担心。

有关直君杀母，校长只是对学生们这么说明。但是大多数学生都知道发生了什么事。教室里，大家对直君的事议论纷纷，想知道详细情况。尽管发生了严重的事情，反常的是，大家的情绪却很兴奋。结业式结束之后的班会上，维特完全没提及案子，也没有提直君。看他一副有话想说的表情，我估计是校方不让他多说什么而不敢说吧。班会结束后，大家都被强迫离校，只有我被留了下来。也是没办法的事，因为我在直君作案几小时之前去过他家。

修哉君走的时候给了我一个“护身符”。我独自留在教室里，等了一会儿，维特来了教室。

1 父母教师协会，即 Parent-Teacher Association 的缩写。

——美白不用担心。不管他们问你什么，照实说就可以了。

维特双手按在我肩膀上，声音洪亮地说道。我没有推开他的手，只是直直地盯着维特的眼睛。

——老师，我可以问你一个问题吗？但在我问问题之前，请把这个系在手腕上。没什么，这是最近流行的占卜玩意儿。

确认维特把我给他的“护身符”系在手腕上之后，我问他：

——老师每个星期去家庭访问，是因为担心直君吗，还是为了满足自己的虚荣心？

——你胡说什么。美白每星期都跟我一起去，应该明白呀。我都是为了直树着想，担心直树，才每周去家庭访问的啊。

哔哔哔哔哔哔……像是在苦笑一般，响起了可笑的电子音。维特莫名其妙地看着发光的表盘问：

——这是什么呀？

——请不要在意。……这是最后的审判告终的信号。

*

我在维特的陪同下去了校长室。校长室里有校长、年级主任老师，还有两个警察。我和维特并排坐下，他们也不告诉我案子的详情，只要求我说说自己所知道的有关直君的事情，说什么都行。于是我就实话实说了。

——我每个星期五都和良辉老师一起到直君家去送复印的笔记。每次接待我们的都是直君的妈妈，从来没有见到过直君。阿姨一开始好像还比较欢迎我们，渐渐地就显露出不欢迎的态度。阿姨在大热天也穿着长袖衣服，虽然用化妆遮掩，但脸上出现过瘀青。我怀疑是直君对妈妈使用了暴力。这肯定是因为我们每次去家访后，阿姨都会让直君去上学的关系吧。

就算阿姨什么也不说，我觉得家访本身有可能对直君造成了压力。直君虽然不是动不动就打人的男生，但是被一点点逼得喘不过气来时，他没有其他可以发泄的人。于是，无论直君做什么都会原谅他的妈妈就成了出气筒。直君的个性有点儿软弱，只要是接触过直君的老师都了解的，不了解的只有打算自己去解决所有问题的良辉老师。我们越是去他家，直君就越是苦恼，便不断地拿妈妈出气。我意识到之后，就对良辉老师说，要不然暂时不要去家庭访问了，但是他根本不听我的意见。不仅如此，昨天，他还用左邻右舍都能听见的声音劝说直君去学校。那样一来，直君就成了众人的笑柄。直君不想到学校来，是因为待在家里才让他安心。但是良辉老师连直君唯一的安心之所都要剥夺。

把直君逼得走投无路的是良辉老师。老师根本不关心学生，他只不过是看见学生身上映出的自己的形象而陶醉罢了。要是老师不这样愚蠢地表现自我，这个悲剧应该不会发生的。

*

悠子老师，这就是第一学期短短四个月内发生的事。

在我写这封信的时候已经是暑假了。下学期开学的时候还会看到维特吗？要是他厚着脸皮继续当老师的话，我也有我的办法。

我从去年夏天就开始搜集各种各样的药品。本来是打算哪天厌世了，就一死了之用的。不过，用别人来试验一下药效也未尝不可。我最想要的氰化钾目前还没弄到，但现在学校正忙于应付家长，或许正是好机会。只要我跟理科的忠夫老师借化学实验室的钥匙，他一定会毫不怀疑地给我。

让维特吃下毒药是轻而易举的事。B 班喝牛奶的只有他一个，万一被别人喝了，我觉得也无关紧要。老师可能不明白，我为什么对维特恨到如此地步。

我从小学低年级的时候开始就喜欢直君。我想这大概就是初恋吧。

班上大家都叫我美白，只有直君总是叫我美月。连九九乘法表都背不下来的笨女生为了泄愤，给班上成绩最好的我取的绰号是美白。

美白即“美月大白痴”的简称。

可能是因为我俩从小就在一起玩，直君已经习惯了叫我美月吧。但是喜欢他的理由，这就足够了。我觉得世界上只有直君是站在我这边的。

直君的二姐告诉我，她问直君：“为什么杀了妈妈？”他只回答了一句话。

——因为我想被警察抓起来。

悠子老师，最后可以问你一个问题吗？

老师对自己惩罚两个少年的决定，现在是怎么想的呢？

第三章

慈 愛 者

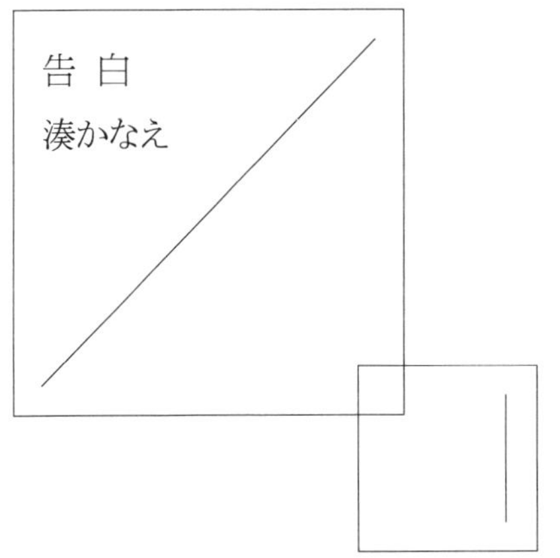

大学第二年的暑假，我原本打算回家过盂兰盆节的，但在那之前的七月二十日清晨，父亲突然打电话给我。

他告诉我两件事。第一是母亲被人杀害。第二是杀害母亲的凶手是弟弟。

母亲被人杀害的话，我是受害者的亲属，对犯人发泄憎恨的心情即可。弟弟是杀人犯的话，我便是加害者的亲属，那么即便受到舆论的谴责，也不能不认真思考如何让弟弟改过自新，以及如何向受害者谢罪的问题。

但是兼具这两种身份的话，该怎么办呢?

不用说，无论是舆论还是媒体都绝不会因为这是我家发生的事而不声张。一夜之间聚焦到我们一家来的是既非同情也非憎恶的……好奇的目光。

近年来“弑亲”已经不是什么稀奇的案件了。每当看见电视新闻里的报道，也就是觉得“啊，又发生了”而已。话虽如此，比起其他案件来，“弑亲”之所以比较容易引人关注，我想恐怕是因为大家得以窥知别人家发生的扭曲现象的缘故吧。

扭曲的爱、扭曲的家教、扭曲的教育，以及扭曲的亲子关系。乍一听到某事件，人们会觉得奇怪“怎么会是这家人呢？”然而一旦揭开盖子，必然会找到扭曲之处，于是得出了该案理所当然会发生的结论。

或许有些人在看这种新闻的同时也感到不安：“我家不会有问题吧？”然而对我来说，这类事情都和自己风马牛不相及。用“平凡”这个词语来形容我们下村家，是再贴切不过的了。可是谁能想到“弑亲”竟然在我家发生了。那么我家的扭曲之处到底是什么呢？

我上次回家是今年的正月。

元旦那天，我和爸妈、弟弟四个人一起到附近的神社去参拜，回家后，边吃母亲做的年菜边看无聊的电视。我在厨房帮母亲的忙，聊着网球社的朋友，跟弟弟一起看电视，给他讲校祭的时候来表演的搞笑艺人的趣事。

第二天，住在邻街的刚结婚的大姐夫妇来拜年，大家一起去购物中心买福袋。因为弟弟第二学期的成绩提高了很多，爸妈给他买了他一直想要的笔记本电脑。我仍旧像以前那样抱怨着：“真羡慕小直啊。”也让爸妈给我买了个小手袋。

那是个年年不变的一个平凡家庭的平凡新年。我细细回想当时家人的每一句话、每一个动作，想要从中发现什么预兆，却一无所获。

这半年间，我家到底发生了什么，会造成如此扭曲的结局呢？

母亲的遗体腹部有一处刺伤，后脑有一处撞伤。似乎是被凶手拿菜刀刺了之后，推下楼梯的。尽管我淡然地说什么“似乎是”，但我看到遗体后，也无法接受母亲已死的现实，更无法相信这是弟弟干的。

为什么会发生这种事呢？搞不清楚原因的话，我就无法接受母亲的死。搞不清楚原因的话，我就无法认可是弟弟犯下的罪行。搞不清楚原因的话，留下来的家人——父亲、姐姐，以及我自己，都无法好好生活下去。

案发两天之后，我才知晓了我家的扭曲到底是什么。是警察告诉我的。弟弟升入中学二年级以后就没去上过学。问题是最近不去上学的“家里蹲”也并不少见。

据说我家的扭曲除了母亲之外，其他家人都不知道。远在外地的我、住在邻街的怀孕的大姐姑且不说，连住在同一栋房子里的父亲都不知道。尽管通勤时间将近两小时，常常加班，可是儿子四个月没去上学居然都没有察觉，还算是当父亲的吗？

父亲回答警察询问时说，弟弟不去上学，可能是因为一年级第三学期学校发生的一个意外事件。父亲本来就沉默寡言，虽然自己家里出了这么大的事，他却像是讲别人家的事一样，问一句答一句。将父亲的回答概括起来，情况是这样的。

今年二月，弟弟的班主任的女儿掉进学校的游泳池淹死了。弟弟虽然偶然在现场，却没能够救那个孩子。班主任认为女儿的死，弟弟也有责任。弟弟很介意此事，尽管班主任辞职了，他还是不愿意去上学。

发生了这么大的事，个性软弱的弟弟一定承受不了吧。他不去上学可以理解。但我百思不解的是，这件事怎么会导致他杀死母亲呢？

弟弟每天在家里是怎么过的呢？母亲是怎样对待弟弟的呢？……现在母亲已经去世，知道真相的只有弟弟了。但眼下我还不能跟弟弟会面。

我突然想起，我刚搬出去一个人住的时候，母亲给我买了个日记本。

“有什么难过的事，随时来找妈妈，要是不想跟妈妈说的话，就把写日记当作向最值得信赖的人倾诉吧。虽然人的脑子原本用于努力记住所有发生的事情，但如果写下来，就不需要记忆了，这样就可以安心地忘记了。只把愉快的事留在脑子里，伤心事写下来就忘掉。”

这是母亲上中学时的恩师说的。母亲曾说，由于生病和交通事故接连失去双亲后，老师送给她日记本的时候对她这样说的。

我找到了母亲的日记本。

三月十 × 日

直树的班主任森口悠子昨天到家里来了。

我本来就讨厌森口。怎么能让单亲妈妈担任处于青春期的儿子的班主任呢！我曾经这样写信给校长。但是，毕竟是公立学校，不可能听区区一个家长的意见。不出所料，今年一月直树被不良高中生纠缠，被警察救下来的时候，森口以家庭为重，没去警察局接直树。要是那时候校长换了班主任的话，直树就不会卷入那个事件了。

森口的女儿在学校游泳池淹死的事，我是在报上看到的。痛失自己年幼的孩子令人同情，但是把小孩带到上班的场所来，我认为很不应该。如果上班的地方不是学校而是公司的话，她会带小孩去吗？我以为，她对公务员身份的自傲和放任态度正是造成这起意外事故的原因。

但是，森口却突然到家里来，并且当着我的面，诱导般地对直树询问起来。一开始问的是有关中学生活的情况。直树讲述了诸如虽然加入了网球社，但是不适应教练老师的指导方针，而不得不退出的事；之后是开始上补习班的事；以及在电玩中心被不良高中生纠缠，明明自己是受害者，却受到了学校处分的事等等。

如此这般地听下来，原本应该是充满憧憬的中学生活，可直树受尽欺负，好可怜。这些虽然都不是直树的错，可倒霉的都是他。这个女人来我家，到底想干什么呀，我一肚子火。更有甚者，森口还不依不饶地向直树追问起自己女儿的意外事故来。

“那件事跟直树有什么关系啊！”

我终于忍不住了，不客气地给了她一句，可直树说出的话却让我哑口无言了。

“不是我的错。”

直树的声音小得几乎听不见。

直树从第三学期开始，跟一个叫作渡边修哉的同学要好起来。我从报纸上看到渡边制作的防盗钱包得奖的新闻，所以，为直树能交到优秀的好朋友感到高兴。万万没想到，这个渡边却是个非常可怕的少年。

渡边想找个人来试验一下自己做的那个叫作防盗钱包的可怕的带电钱包，让直树提供实验对象。善良的直树没有提出同学的名字，提了几个估计会阻止渡边的老师的名字，全被渡边否决了。直树不得已说出了森口女儿的名字。我想他是认为渡边不会对小孩子下手的。

但是，渡边就是个恶魔一样的孩子。他真的采纳了直树的建议，立刻开始准备试验。然后硬拉着不情愿的直树到游泳池边等着森口女儿的到来。

仅仅想象一下那情景，我就觉得头晕目眩。

森口的女儿来喂狗了，先招呼她的是直树。渡边利用了直树的善良。森口的女儿放松了警惕后，渡边就把兔子造型的小挎包挂在她脖子上，催促她打开来看看。

我也是偶然在购物中心看见过森口的女儿想要那个小挎包。森口那么做或许是为了教育女儿吧，可虽说是单亲妈妈，薪水拿的也比一般人多，何必非要在众人面前那样丢人现眼呢，干脆买给孩子的话，也不至于被渡边利用了。

森口女儿的手触摸到拉链的一瞬间便倒在了地上。结果直树亲眼看见小女孩死在自己面前的一幕。这该有多恐怖啊。然而更恐怖的是，儿子说，渡边一开始就打算杀死那个小孩。

“你去告诉别人好了。”达到目的的渡边对直树甩下这么一句，就扔下他扬长而去。即便是这样，我那善良的直树还是想要掩护朋友。他为了让别人以为森口女儿的死是个意外，就把尸体扔进了游泳池。

“当时因为太惊慌，记不太清了。”

最后直树这么说。那是当然，被卷入了杀人案啊。

森口听了之后，叽里呱啦地说了一堆像煞有介事的话，最后这样说道：

“警方既然已经判定是意外，我也没有要求重新调查的打算。”

她居然说出这种要人家感恩戴德似的话来。明摆着都是渡边干的呀。是渡边计划好的，利用了直树的。直树纯粹是个受害者。如果森口不去报警的话，我真有心替她去警察局告发渡边。

问题是，直树把尸体扔进了游泳池。这是不是犯了遗弃尸体罪呢？还是犯了掩盖杀人罪呢？我绝对不能让前程远大的直树被人们当成杀人同谋。万般无奈之下，我只好装出感谢森口的样子。她心满意足地走了，我简直恨死她了。

这件事我本来打算瞒着丈夫的。但是森口走了之后，我考虑是不是给她一点儿赔偿比较好。必须先堵上她的嘴，以免她来找后账。

一涉及用钱，就没办法瞒着丈夫了。他下班回家之后，我把事件的大致情况告诉了他，让他给森口打了电话。但是，森口拒绝了赔偿金。这女人到底是出于什么目的来我家的呢？

丈夫说：“还是告诉警方比较好。”那怎么行。要是直树被当成共犯问罪可怎么办呢？我这样质问丈夫，可是他坚持说，就是为了直树，也应该报警。当爸爸的就是这样可恶。我真后悔把这件事告诉了丈夫。直树还是得由我来保护才行。

说到底，我实在无法相信直树的告白。

说不定直树只是偶然在那里，却受到可怕的渡边威胁，被迫说自己也帮了他的忙吧。不对，非但如此，这件案子原本就是森口编造出来的吧？若是像报纸上写的那样，小孩子不小心滑倒，跌入游泳池溺死的话，便是身为监护人的森口失职了。她不愿意承认，才会威胁凑巧在现场的不走运的渡边和直树，强迫他们做出虚假的告白吧？事件蹊跷得让我无法不这么想。

要是直树真的卷入了杀人案的话，我不可能发现不了。再说，直树也不会直到森口来追究此事都不告诉我的。

没错，肯定是这样的。这些全都是可悲的森口捏造出来的。如果真是这样的话，那个叫渡边的孩子也是受害者。

总之，都是森口一个人的错。

三月二十 × 日

今天，是直树学校的第一学期结业典礼。

自从森口那次家庭访问以来，直树的情绪一直显得很低落，但每天仍然会去上学，让我松了一口气。

今天他一回家就躲进自己的房间里，晚饭也没吃就睡觉了。大概是一直紧绷的神经一下子放松下来的缘故吧。

明天儿子就放假了，一想到新学期开始后，还是森口当班主任，我就倍感忧郁。

三月二十 × 日

直树突然表现出奇怪的洁癖，是春假开始之后。

最初的症状是不跟我一起吃大盘子里的菜，让我给他单独盛在小盘里。以前，我吃剩的东西，他也是满不在乎地吃掉的。后来，接二连三地提出了种种要求，诸如他的衣物不能和别人的一起洗，他泡完澡的水别人绝对不许泡等等。

这种情况我曾经在电视上看到过，所以我判断是青春期特有的现象，就一一按照他的要求去做了。不过，我也觉得他那种较真的程度有点儿超出常规。总之，凡是他穿的用的东西都不许我碰。

我从来没让儿子干过家务活，可他现在自己洗碗洗衣服了。当然，只是洗自己的。我这样一写，给人的感觉是儿子变成了一个特别懂事的好孩子了，可是看到他干这些活的时候，我还是不能不感到担忧。因为就那么几个盘子和碗，他会开着水龙头，用洗涤灵哗哗地洗上快一小时。洗衣服也是，不管什么颜色的衣服，都加入大量的杀菌漂白剂，一遍又一遍地洗。

看他的所作所为，就仿佛他突然有一天，看到了过去根本看不见的成千上万的细菌一样。

如果只是这样，还可以理解为是极度洁癖症，能够想些办法去应对。可直树的情况并不只是这样。因为他对自身的卫生，则是采取相反的做法。

总之一句话，就是肮脏。他根本不去清理从自己身上排出的废物。不管我说他多少次，他也不理不睬，不但不洗头，也不刷牙，连以前最喜欢的泡澡，现在也讨厌了。

有一次，直树在走廊上，我想让他去洗澡，就开玩笑地轻轻把他推向浴室方向，谁料想，他竟然凶神恶煞似的对我大吼“不许碰我！”我从没见过他这么凶，也不知是有什么不开心的事还是怎么的。

直树对我这样大叫还是第一次。我安慰自己，反抗期的孩子，没办法；可还是特别伤心，一个人哭了。

不过，也有时候，直树对我那样吼了之后，转眼又叫着“妈妈，妈妈”，跑到我房间来，跟我聊起自己小时候的事来。

直树这种奇怪的举止，究竟会持续到什么时候呢？

三月三十 × 日

今天，邻居旅行回来，送了土特产给我，是京都著名和式点心店的最中饼[1]。直树向来不喜欢吃日本甜点，可是难得有人送来，我还是拿到他房间，问问他想不想吃。

果然不出所料，他说了句“不想吃”。然而过了一会儿，他下楼到厨房来对我说：“还是想尝一尝。”由于很久没有跟直树这样面对面吃和式点心了，我特意泡了最好的茶，有点儿紧张地观察着直树的样子。

直树咬了一口后，就把最中饼整个儿塞进了嘴里，香甜无比地吞下去，然后，不知为何哭了起来。

“妈妈，原来最中饼这么好吃啊。我以前从来没想过尝一尝……”

我看着他的眼泪，才恍然大悟。直树的洁癖以及与之相反的行为，并不是青春期或反抗期的缘故，而是因为那次意外。

“小直，不用客气，全都吃了也没关系哦。”

我这么一说，直树又拿起一个点心，打开包装纸，一口一口地慢慢品味着吃起来。

我猜想直树一定是一边想着森口死了的女儿，一边吃点心的。他之所以流泪，是因为可怜那个再也吃不到世上好吃的东西的孩子吧。直树就是这么个善良的孩子啊。

不光是吃最中饼的时候才这样，恐怕无论何时何地，直树脑子

---

1 日式传统点心，外形像个小盒子，糯米外皮烤的薄酥，内馅是细腻的红豆沙馅。外壳无味，待酥转软时，与红豆馅同入口。

里总是想着那次意外吧。

他之所以会患上洁癖症，不正是拼命想要通过反复清洗餐具和衣物上的污垢，洗掉无论如何也去不掉的可怕记忆吗？相反，不肯清洁自己，一定是因为对于只是自己过舒适的生活抱有罪恶感的缘故。

而且直到现在，直树仍旧在惩罚自己。

对于直树这些天来的怪癖行为，我终于能够解释了。我怎么没有早一点儿意识到呢？其实直树一直在向我发出求救信号。

直树变成这样，我最痛恨的就是那个无端怀疑直树，给他造成精神压力的森口。她要想减轻自己的罪恶感的话，就应该把责任转嫁给跟她自己一样恬不知耻的人。可她竟然对善良的直树这么栽赃污蔑，除了卑鄙之外，我想不出别的形容词。

万幸的是，两天前寄来的成绩单里夹了一张森口离职的通知。辞去教职证明了她感到心虚。虽然不能换班级，但只要换了班主任就没问题了。我想写信给校长，请求换个热心教育的单身男老师。

直树已经不必再烦恼什么了。现在，直树最需要的就是“忘记”。要想忘记的话，写日记就可以了。

说起来，告诉我有了烦恼就写日记的人是中学时代的恩师。我有幸遇上那么好的老师，直树怎么就这么不走运呢？没错，就是不走运。

直树只不过是运气差了点儿而已。从今往后，遇到的就都是好事了。

四月 × 日

今天，我去附近的文具店买了个有锁的日记本。我觉得带锁的日记本具有把倾吐出来的情绪封闭起来的作用。

刚才我把日记本给了直树，对他说：

“小直，你现在心里一定有很多很多烦恼。但是，你不用一直让它们闷在心里哦。小直把现在心里想的都写在这里吧，妈妈不会要你给我看的。”

直树是中学生，我本来担心他会讨厌写日记，没想到他很顺从地接了过去，而且还流着眼泪说：

“妈妈，谢谢你。我不太会写文章，但是我会努力写的。”

听到他这么说，我也哭了。

没问题的，没问题的，直树很快就能够振作起来。我一定要帮他忘记那个可怕的记忆。

我在心里这样发誓。

四月 × 日

一般来说，日记是心情不愉快的时候才写的，但今天有一件非常令人高兴的事，我一定要写下来。

今天真理子来了，告诉我她怀孕了。才刚刚三个月，从外表完全看不出来，但真理子的表情已经充满了当母亲的喜悦与使命感。

她带来了直树喜欢吃的泡芙，我想三个人一起庆祝，就到直树的房间去叫他，可是直树不愿意下来。他说好像有点儿感冒，万一传染给大姐就麻烦了。

真理子虽有些遗憾，却夸赞直树说："比起我那个老公来，还是直树知道体贴我。"然后抱怨起了不顾她怀孕初期，若无其事地在她面前抽烟的女婿。

听真理子这么说，我突然意识到，最近只注意直树的怪异举动，却忽视了这孩子真实的一面。直树不单善良，还懂得体贴怀孕的姐姐，看来他已经长大了，我感到特别高兴。

更令我高兴的是，真理子走的时候，我们俩站在门口说话，直树打开自己房间的窗户，朝姐姐一边摆手一边说："谢谢姐姐。恭喜你了。"真理子也笑着对他挥手道："谢谢小直，以后可要疼爱小外甥哦。"

看着姐弟俩这么亲热，虽说近来变得缺乏自信，但此时我又确信自己教养子女的方式并没有错了。

我成长的家庭是典型的模范家庭。严父慈母，还有我和弟弟，邻居和亲戚都说我们四口之家"让人羡慕"。

父亲把家中的一切都交给母亲，为了家人不分日夜地拼命工作。因此我家的生活比其他人家稍微富裕一些。

母亲对我的管教非常严格，为了让我嫁到哪里都不会丢人，给我灌输女孩子应该具备的教养礼仪等。相反，对弟弟则是充满慈爱地守护，就连一点点小事也不忘夸奖他，以便让他总是充满自信，有主见地做事。家中的纠纷母亲都尽量自己解决，好让父亲无后顾之忧地专心工作。

但是，幸福的家庭往往会早早降临不幸吧。父亲出了车祸，母亲因病而亡，父母二人在我还是个中学生的时候，就相继去世了。

我和小我八岁的弟弟一起被亲戚收养了。从那时起，我就成了弟弟的母亲。我牢记母亲的教诲，严格要求自己，像母亲那样宽厚地对待弟弟。我的努力有了回报，弟弟上了一流大学，进入了一流企业，建立了美满的家庭，在世界这个舞台上创造业绩。

只要按照母亲的教诲去做就不会有错。

尽管直树仍旧没有改掉洁癖和不洁癖（我实在找不到其他合适的词），但自从我送他日记本之后，他高兴的时候似乎一天比一天多了。

现在仔细回想起来，他的两个姐姐也有过同样不可理喻的时期。真理子突然间说不想学钢琴了就是在中学的时候，圣美不肯穿我买给她的衣服，也是上了中学以后的事。

我想，直树正值多愁善感的青春期时，卷入这种可恨的意外，他自己一定在思考今后的生活方式。我不能乱了阵脚。只要我像妈妈对待弟弟，以及我自己对待弟弟那样，小事也多多夸奖，满怀慈爱地守护在他身边的话，直树就一定能康复，不，一定会更加懂事的。

现在是春假，就让他这样好好休息吧。

四月十 × 日

几年前开始，就常常听到“家里蹲”“尼特族[1]”之类的流行语。这类年轻人年年增加，似乎已经成为社会问题了。

我常常想，给这些不去学校，也不工作，在家中无所事事的年轻人冠以这种称谓是不是合适？

应该说，人既然过着社会生活，那么就会通过隶属于某处，具有某种身份来获得安心感。不属于任何地方，没有任何身份的话，就等于自己不属于社会的一员一般。倘若是这样的话，一般人都会感到焦虑不安，设法尽快确保自己的安身之所吧。

---

1 尼特族（英语简称 NEET，全称 Not in Employment，Education or Training）是指不升学、不就业、不参加就业辅导，终日无所事事的青年族群。最早使用于英国。

可是，一旦给予不属于任何地方的人“家里蹲”“尼特族”等称呼的话，这个词语即刻成了那些人的归属和身份。既然社会上有“家里蹲”“尼特族”存在的地方，那些人就可以高枕无忧了，既不用去上学，也不用辛勤工作了。

既然整个社会都接受了这种人，那也是没办法的事，但我还是无法理解那些若无其事地坦言自己的小孩是“家里蹲”“尼特族”的父母。他们居然能够不知羞耻地说出这种话来。

满不在乎地这么说的父母们，总是从家庭之外寻找原因，把自己的小孩成了“家里蹲”“尼特族”归结为学校或者社会的错。岂有此理。即便导火线是学校或社会，但小孩的人格基础是在家里形成的。所以跟家庭无关的说法是站不住脚的。

“家里蹲”的原因在于成长的家庭。由此推论的话，直树绝对不是“家里蹲”。

新学期开始到今天刚好一个星期，直树还没去上过一天学。第一天，他说好像有点儿发烧，我没有多问，让他在家休息了。我给学校打电话请假，接电话的是位年轻男老师，自称是新来的班主任。我很高兴，校长终于听取了我的建议。我立刻去告诉直树。

“小直，这个学期的班主任是个年轻的男老师，我想他一定能理解小直的。”

但是，第二天、第三天直树还是说有点儿发烧，不去上学。我想摸摸他的额头，他却对我大叫："你干吗呀！"给他体温计，他却糊弄我说："没有发烧，就是有点儿头痛。"

我判断直树多半是装病。但不属于因为懒惰而装病逃学，而是因为一去上学，就会想起那次意外事故。就是这样的心情让他害怕去学校的。

也就是说，直树的心很累。如果是这样的话，就必须让他去看医生，开出诊断书。一直这样随随便便缺席下去，学校和邻居都会把直树当成"家里蹲"。

直树多半不愿意去医院，但至少要去一次。这回我决不能放任他了。

四月二十 × 日

今天，我带直树去邻街的医院看了精神科。

直树果然不肯去医院。我提醒自己，这件事，当家长的要是不能说服儿子的话，就会把儿子变成"家里蹲"。

我对直树说："小直，要是不去医院的话，现在就去上学好了。去一趟医院，开出诊断书的话，从明天开始，妈妈就不会让你去学校了。小直可能是误会了，现在心病也算是一种疾病呢。所以，至少去跟医生谈谈也行啊。"

直树想了一会儿，问道："会不会抽血什么的？"

我想起来了，直树从小就怕打针。原来他是担心这个啊，我忽然觉得直树真是可爱。毕竟还是个孩子。

"不用担心，妈妈会跟医生说不要打针的。"

我这么一说，直树就去穿衣服，准备出门了。仔细想想，自从上学期结业典礼以来，直树还是第一次出门呢。

在医院进行了简单的内科检查之后，直树接受了将近一小时的心理辅导。无论医生问什么，直树都是低着头，不能好好地向医生说明自己的身体和心理状态，所以我代他说明了这几天的情况。

我说了直树被去年的班主任强加了罪名，因此害怕去学校了，还患上了严重的洁癖症，等等。

直树被诊断为"自律神经失调症"。医生说，不用强迫他去上学，首先不要让他积攒压力，尽可能轻松地生活。总之，医生诊断的结论是，直树应该待在家里。

回家的路上，我提议去吃点儿什么好吃的吧。直树说想吃快餐店的汉堡。我不喜欢那种店，但直树这种年纪的孩子，大概隔一段时间就想吃吧。我们就去了车站前的汉堡店。

我怕弄脏手，用餐巾纸重新包裹汉堡包的时候恍然意识到，直树之所以选快餐店是由于洁癖。在这种店里就餐，不用担心餐具是别人用过的，自己用过的餐具也不必担心别人会再使用。

我们旁边的座位上坐着一个四岁左右的小女孩和一个像是她妈妈的女人。我望着她们，觉得孩子这么小就吃快餐可不太好，不过看见女孩喝的是牛奶，才安下心来。

但是小孩子没有拿住，牛奶纸盒掉在了地上，牛奶溅了一地，也溅到了直树的裤腿和鞋上。直树的脸色瞬间大变，跑去了洗手间。估计是把吃下去的东西都吐出来了吧。回来的时候，直树脸色铁青。

直树不只是心理疲劳，身体恐怕也的确不太好。明天，我就把医师诊断书送到学校去，让他好好在家里休息一段时间。

五月 × 日

直树一天里的大部分时间都在打扫卫生。

他用指甲老长的手洗碗，晾晒洗得皱巴巴的衣物。每次上完厕所，都要花好几倍的时间，用杀菌清洁纸巾擦洗马桶、墙壁和门把手。

我说我来清理吧，他也不理睬；想帮他干干活儿，刚要碰直树的餐具或衣物，就会被他吼：“不许碰！”

反正他也不是做坏事，由他去也可以，但如果他这么做的终极原因还是那次意外事故的话，我觉得还是应该帮他做点儿什么比较好。

他一星期能洗一次澡就算不错了。好在由于不出门，不会弄脏，也不出汗，所以看他也没有感觉哪里不舒服的样子。

我最喜欢喝下午茶。自从上次吃最中饼后，我经常给他买好吃的点心，有时候他也会跟我一起喝茶，当然要看直树当天的心情。有一次，他还对我说“想吃妈妈做的松饼”。虽然他不像以前那样陪我去买东西了，但购物时挑选直树可能会喜欢的点心就成了我的新乐趣。

其他时候，直树一直待在自己的房间里，我不知道他是在打电脑，还是在玩游戏，或者是在睡觉，总之是悄无声息，静静地过日子。

我想这是直树在让自己放松地休养生息。

五月二十 × 日

今天新任班主任寺田良辉老师到家里来拜访了。

我曾经在电话里跟他交谈过几次，见到本人，感觉他是一位浑身充满干劲的人，印象很好。直树说不想见他，躲在房间里不肯出来，老师非常认真地倾听了我说的话。

老师送来了各科的复印笔记。虽说孩子在家好好休息比较好，但我还是很担心他的功课，所以难得老师这么周到负责，非常感谢。

让我有点儿介意的是，老师是带着北原美月一起来的。或许老师以为带着同班同学一起来，直树也会比较放松一些，那么，就应该找一个住得比较远的同学啊。

直树的病情我已经告诉了校方，不知道老师对班上的学生是怎么说的。要是美月回家后，随口说什么直树是“家里蹲”的话，在邻居间传开可就糟了。明天就打电话给老师道谢，顺便拜托他，可以的话，让同学们写写信，给直树鼓鼓劲吧。

刚才，我把老师带来的复印笔记送到直树房间去，刚打开门，直树就吼起来：“没脑子的老太婆，少多嘴多舌！”将一本字典朝我当头掷过来。我觉得心脏快要停止跳动了。这样满口粗话、举止粗野的直树，我从来没有见到过。他到底为什么事发这么大火啊？还是因为想起学校的事，心情变得躁动吧。晚饭我特意做了直树最喜欢吃的汉堡，他也不肯下来吃。

然而，我仍然觉得寺田老师或许可以帮助直树重新振作。这么一想，我也能够打起一些精神，坚持下去了。

六月十 × 日

直树的洁癖虽然没有好转，可洗碗他又觉得累得慌吧，让我用一次性盘子给他盛饭菜。喝茶用纸杯，筷子是一次性筷子。这样既不经济，又增加垃圾量，但如果这样能够让直树平静，我明天就去买。

直树已经三个多星期没有洗澡了，衣服和内衣也不知道多少天没换了。头发油腻腻的，浑身散发着一股馊味儿。我觉得他实在太脏了，冒着被他大吼的风险，强行用湿毛巾替他擦脸，却被他猛地一推，我的脸撞到了楼梯扶手上。

他也不再跟我一起吃点心了。

即便如此，他还是会清洁厕所。

有一段时间他已经平静下来了，怎么又变成这样了呢？一定是家庭访问的缘故。寺田老师依旧每个星期五带着美月一起来，但我感觉随着他来访的增加，直树关在房间里的时间也越来越长了。他嘴上说让孩子在家好好休养，其实是想要直树去上学吧？我总觉得老师似乎对我不怎么信任。

即便是寺田老师本身，虽说起初觉得他挺热心，对他也有所期待，但是来了这么多次后，我发现他根本不起作用。他只是把复印笔记送来，对于学校的方针对策等却只字不提。他跟校长和学年主任到底都讨论了些什么呢？

我也想过打电话去学校了解一下，又担心被直树听见，说不定从此不再走出房间了，所以我决定还是暂且跟学校保持些距离吧。

七月 × 日

尽管同在一个屋檐下生活，我已经好几天没有看见直树了。因为他不踏出房门一步。

即便我把一次性盘子装的食物送去他房间，他也是让我放在门口，不开门。他好像有一个月都没有泡澡了。也没见他换过衣服和内衣。

唯独厕所还是得上的，但他好像总是趁我出门或者做什么事情的时候去。我外出回来，一进洗手间，虽然擦得很干净，却能闻到异臭。那不是排泄物的气味，仿佛是腐烂了的食物一样的臭味。

直树用名为不洁的铠甲把自己武装起来，闭锁在自己的房间里。

我一直相信不去强迫他做什么，他就会慢慢好起来的。但是直树的心却越来越封闭了。难道说，我必须勇敢地去挑战直树心底的恐惧与不安吗？

七月十 × 日

裹着肮脏铠甲的直树躺在干净整洁得可谓一尘不染的房间里沉

沉地睡着。要是没有什么特殊情况，他会一直睡到傍晚的。

做母亲的在自己孩子的午饭里放安眠药，简直是不可饶恕的行为，但为了除去直树身上的肮脏铠甲，我想不出其他更好的办法。我觉得将直树死死地封闭在家中的，就是由直树的罪恶感制作的肮脏铠甲。

在窗帘紧闭的昏暗房间中，我慢慢走近散发异臭的直树，低头望着他的睡脸。油脂与污垢覆盖的脸上长出了好几个白色脓包样的青春痘。头发满是污垢，粘连成一片，即便如此，我还是控制不住想要抚摩直树的头。我伸出手慢慢地摸了他的头一下。

然后我用另外一只手拿着剪刀，缓缓凑近直树的鬓角。我突然想起，以前用这剪刀给直树做过布袋子。当剪刀咔嚓一声剪下一把油腻腻的长发时，发出很大的声音。我心里急得要命，直树突然醒来可怎么得了？真是万幸，好歹把头发剪得能看见耳朵了。

本来我并没打算在他睡觉的时候给他理发的。只是考虑到他说不定会嫌我剪得不好看，不得不去美容院重新剪头发呢。

哪怕只是让他这肮脏的铠甲出现一条裂缝也是好的。

剪下来的头发散落在枕头上，我想，他觉得脖子痒痒的话，或许就会去洗澡了，于是我也没收拾头发，拿着剪刀悄悄走出房间。

我刚开始准备晚餐时，家中响起了野兽般的咆哮声，以至于我一时间没有听出来是直树发出来的。我急忙跑上二楼，战战兢兢地刚一打开直树的房门，就迎面飞来一个笔记本电脑。房间里乱得一塌糊涂，让人无法相信几小时前是那样井井有条。

直树发出分辨不出是“哇”还是“噢”的奇怪声音，将房间里的东西一个接一个地拿起来砸向墙壁，看他疯狂的样子，已经不像是一个人了。

“直树！不要这样！”

我发出的喊叫声大得连自己也吓了一跳。直树猛地停下来，转身面对我，用毫无抑扬顿挫的声音说：

“滚出去……”

直树的眼神是疯狂的。即便如此，我也应该不顾被他杀死的危险，去紧紧地拥抱他吧？当时我第一次从心底感到自己的儿子是那么可怕，只能转身逃出他的房间。

现在光靠我一个人的力量已经无能为力了。

我决定今天务必跟丈夫商量一下。可偏偏在这种时候，他发来了短信，我打开用不惯的手机一看，说是因为要加班，今晚就住在公司了。

我现在除了写日记，什么也做不了了。

直树可能又睡着了吧。正上方的直树的房间，现在听不到一点儿声音。

七月十 × 日

我在客厅写着日记就睡着了。天亮的时候，我被浴室传来的淋浴声吵醒了。我以为是丈夫回来了，可一看脱衣处的衣服却是直树的。

直树主动去洗澡了。与昨天那个野兽般狂暴的他判若两人。直树或许也冷静地考虑了一个晚上。

看来击溃肮脏铠甲的作战大获成功。

淋浴的声音持续了一个多小时。这期间我一直在担心他会不会自杀，或是做出其他什么奇怪的举动。我忐忑不安地去了浴室好几次，听见除了水声外还有移动椅子、搓澡巾摩擦的声音才回到客厅。他已经快两个月没洗澡了，时间长点儿也是当然的。

看见从浴室出来的直树，我不由得“啊”地叫了一声，因为直树剃成了光头。

虽然吃了一惊，但我觉得还是这样最干净。头发剃得精光的直树，就像个洗去所有烦恼的修行僧。指甲也剪短了，里里外外也都换上了我给他买的新衣物。

可是，我看着眼前的直树，却高兴不起来。洗净一切的直树仿佛把人的感情也一起洗掉了一样，面无表情。

我正苦于不知道该对他说什么好的时候，直树反倒先开了口。

“以前对不起了。我现在要去便利商店一趟。”

毫无情感的声音。

可是他刚刚洗了澡，现在又突然说要出门。我不禁说道：“妈妈也陪你一起去吧。”“不用。”他拒绝了。我很想悄悄跟在他后面，但万一被他发现，昨夜的努力就付诸东流了，于是我只好强忍着担心留在家里等候。

我送直树到玄关，才注意到已经是夏天了。

七月十 × 日

我今天要写的是直树去了便利商店几十分钟之后发生的事情，虽说已经是好几天之前的事了。可见我受到的打击有多大了。

为了让直树一回来就可以立刻吃到早饭，我在厨房做了他喜欢的培根炒蛋。就在这时，我平常很少使用的手机响了起来。

我有种不祥的预感，果然不出所料，打来电话的是附近便利店的店长，说是“您的儿子在我们这里，请来把他接回去”。

这孩子肯定是拿了人家的东西。他出门的时候，我给了他足够的钱，可能是正处于精神状态不稳定的时期，一时冲动吧。我心里这么想。

谁料想，直树做出的是非常怪异的举动。根据店员的说法，直树进店之后转悠了一圈，然后把手伸进口袋（由于他是偷偷地把手伸进口袋的，店员以为他偷了东西），紧接着用那只手去摸店里卖的饭团、便当、饮料瓶盖子等各种商品。

这么做已经相当不正常了，但还不至于要家长来接回家的地步。可直树是用流血的黏糊糊的手去摸这些商品的。他让店里的东西全都沾上了自己的血。直树的右手已经用店里卖的绷带缠起来了。据说是被店员发现后，直树自己包扎的。他口袋里装着一片家中浴室里的备用剃须刀片。

店长也是第一次碰到这种事，不知该如何处理，就找出直树手机里存储的第一个号码，给我打了电话。因为店里的人问直树什么，他都一言不发，可又算不上是犯罪行为，所以也无法报警，才通知了家里。最后，我把沾到直树血液的商品全部买下，店长也就没有再追究了。

回家的路上直树一句话都没有说。我直接去了厨房，继续做早饭，直树也跟了过来，默默地坐在餐桌旁。他可能是不想回乱得一塌糊涂的自己的房间吧。我把那一大袋在便利店买的东西放在桌上，在直树对面坐下。

“小直，为什么要做这种事？”

我并没指望他会回答，但不能不问。然而他回答了。

“……因为我想被警察抓走。”

他用没有情感的冷漠的语气说。

“想被警察抓走？为什么这么说？小直还在想着那次意外吗？小直根本没有做错什么啊。根本不用放在心上啊。”

他什么也没有回答。不过，在此之前，我们母子俩从来没有谈论过那次意外。我想这恰恰是直树重新振作起来的机会，便竭力表现出开心的样子。

“啊……啊，我觉得肚子有点儿饿了。说起来，妈妈还没有吃过这家店的饭团呢。今天正好买了，我就吃一个吧。”

我从便利商店的袋子里拿出一个饭团。写着“海鲜鸡肉蛋黄酱”的外包装上沾满了已经凝固的茶色血迹。

“啊，妈妈还是不要吃那个比较好。会得艾滋病死掉的。”

直树从我手里夺过那个饭团，撕开包装吃起来。我完全无法理解直树的这个举动，而且也无法理解他为什么会扯到艾滋病上。

“小直，妈妈不知道你在说什么。你说什么艾滋病，怎么回事？”

“因为我喝了森口老师放进了艾滋病病毒的牛奶。”

直树面无表情地说出了这件恐怖的事情。我在脑中一再重复着直树的这句话，浑身慢慢起了鸡皮疙瘩。

“小直，这是真的吗？”

“真的啊。结业式那天老师亲口说的。森口老师的丈夫，就是那个劝世鲜师。妈妈很喜欢他吧？人们说劝世鲜师是得癌症死的，其实是得艾滋病死的。森口老师把那个人的血放进我和渡边的牛奶里了。”

尽管说的是这么骇人听闻的话，直树的脸上却仿佛浮现出快乐的表情。我再也坐不住了，去水槽呕吐个不停。森口，就是个恶魔……

艾滋病病毒，原来我的宝贝儿子被迫染上了HIV。直树受到这种伤害，却连母亲都没法说，一直自己忍受着。

洁癖、不洁癖、吃到好吃的东西就流泪，这一切都得到了解释。直树受到这种丧尽天良的冷酷的报复，仍然关心我和父亲、姐姐，并且感谢生命的美好。

“小直，跟妈妈一起去医院吧。妈妈会把小直的情况告诉医生的。”

可能的话，现在我就想把直树全身的血液都换掉。我一个人激动万分，直树却非常冷静。

但是噩梦还在继续。因为接下来的一番对话把我推下了万劫不复的深渊。我实在无法概括地写，干脆如实写下来好了。

“不去医院，还是去警察局吧。”

“警察局？也是，一定要让警察逮捕森口。”

“什么呀，是让他们逮捕我。”

“你说什么呢？为什么小直要被逮捕啊？”

“因为我是杀人凶手啊。”

“小直怎么会是杀人凶手呢，真是胡说八道！小直不就是把尸体扔进了游泳池里吗？虽说连这个罪名妈妈都不相信。”

“森口老师说，那个孩子只是昏过去了。是我把她扔进游泳池才死的。”

“这怎么可能……即便是昏过去，小直也不知道啊，所以还是意外呀。”

“不是这样的。”直树满面笑容地说道，“我亲眼看见那个小孩苏醒了，然后，我把她扔进游泳池里的。”

今天我实在写不下去了。

七月十 × 日

刚才，那个白痴老师寺田又来了，甚至做出了那样可恶的事。他在我家大门口，用左邻右舍都能听见的声音宣传直树一直没去上学。

不仅如此，他还带来了全班同学写在色纸上的字条。其中有一张是用红色麦克笔写的大字，内容是这样的：

人都不是孤独的。虽然世道险恶，还是幸福地活着吧。

一定要相信，NEVER GIVE UP！

这一定是精心编出来的暗语吧。尽管寺田没有察觉，我一眼就看出来了。每句话的第一个字音拼接起来，不就是“杀人凶手去死”[1]吗？直树是杀人凶手。是悲惨到被那些以写这种句子为乐的没知识、没教养的浑蛋同学嘲笑的杀人凶手。

然而，我也因此下定了决心。

直树只是把渡边杀害的森口的女儿丢进游泳池而已。连这个我都认为是森口编出来的谎言。可万万没想到，真相更为恐怖。

直树是在森口的女儿醒过来以后，才把她丢进游泳池里的。这就成了蓄意谋杀。

现在回想起来，那天，我跟森口一起听直树告白的时候，就觉得哪里不对劲，我以为是森口强迫直树说谎的缘故。正因为如此，我才相信直树是清白的。可是，那个第六感原来是出于直树故意说谎。

直树说出来的残忍的真相，我虽然不愿相信，但并不认为他在说谎。

---

1 此处指日语原文的发音。

我是直树的母亲，自然知道孩子是不是在说谎。

“小孩醒了你还把她丢进游泳池去，是因为当时吓坏了吧？”

我翻来覆去地追问告白了残酷事实的直树同一个问题。我也知道自己是愚蠢的母亲。但如果儿子承认自己杀了人的话，那么至少希望其动机是出于恐惧。

但是，直树没有说“是的”。

“妈妈要那样想的话，也可以啊。”

直树只回答这一句，直到最后都没有告诉我他为什么杀害森口的女儿。不仅如此，可能是由于说出了真相，缓解了压力吧，他露出一副听天由命的样子，撒娇般地不停说：“快点儿去警察局吧。”

我觉得直树已经把超乎常人的善良之心和肮脏的铠甲一起洗掉了。我所爱的直树已经不在了。对于失去了人性、坦然地以杀人犯自居的儿子，我作为母亲，能为他做的只剩下一件事。

义彦，夫妻一场谢谢你了。以后自己多多保重身体。

真理子，没能当成外婆，真是遗憾。你可要生一个健康的宝宝哦。

圣美，坚强地活下去，实现你的梦想吧。

我要带着直树先走一步，去陪伴我最爱的父母了。

*

我一直以为即使在黑暗中挣扎，只要能够还原真相，就可以看到一线光明。但是看完母亲的日记，别说一线光明了，我现在觉得四周黑得伸手不见五指了。

原来是母亲先起意要把弟弟杀了。当我听到弟弟成了“家里蹲”的时候，这个念头就从脑中掠过。对毕生追求自己理想，堂堂正正生活才是幸福之道深信不疑的母亲，选择这种方式并不奇怪。

当然，母亲不会像我想的那么愚蠢。她把弟弟不去学校当成是休养生息，静静地在一旁守护他。只要是跟弟弟有关的事，母亲一向都是事无巨细、一一过问的，因此能够这样静静地守护他，已经是非常不容易了。

我想，弟弟的崩溃绝对不是因为母亲剪了他的头发。其实他已经处于崩溃的边缘了。弟弟对母亲坦白是自己杀了人，只是时间的问题。

但我还是觉得惋惜，要是母亲能再撑半个月，我就回家探亲了。我到现在也不知道，该怎样面对母亲日记中描写的那样的弟弟。如果我和母亲两个人在的话，或许不至于到这个程度的。

两个人在的话……父亲真的什么都没察觉到吗？其实，他知道自己家里发生了状况，只是装作毫无察觉吧？

母亲要是知道我这么想或许会生气，但我认为，父亲多半是为了逃避这次事件而假装得了忧郁症的。不是完全装的，或许会多多少少变成真的……因为弟弟的软弱就是遗传自父亲的。

母亲的理想，终究只是理想。我的家其实是个非常平庸的家庭，现在回想起来，是个非常幸福的平凡家庭。

大姐因受到惊吓险些流产，现在住了院。想要跑到那个医院去采访的媒体，要花多少时间才能够触及弟弟在学校引起的那个案件呢？说不定他们已经察觉到什么了呢。

没有时间了。

据说弟弟在警察局，无论被询问什么，他都一言不发。

母亲最后一天的日记是否会被当成遗书呢？如果起意杀害弟弟的是母亲的话，弟弟的弑母行为或许可以算是正当防卫。再加上精神科的诊疗记录的话……是不是会被判无罪呢？

即便是为了大姐，为了父亲，为了我自己，也为了母亲，我想要让弟弟无罪释放。

不过要想达成这个愿望，需要先弄清楚弟弟的真实想法。

第四章

求道者

告白

湊かなえ

我眼前是白色的墙壁。背后也是白色的墙壁。左边和右边都是白色的墙壁。上面和下面也都是白色的墙壁。

我到底是从什么时候开始，一个人待在这个四周都是白色的小房间里的呢？不管我看哪里，墙壁上都在循环播放某次事件的影像。

我已经看过多少次了呢？啊啊，又从头开始播放了……

一个鼻尖通红、无精打采地走路的中学生。——最初的那一天

我缩着身子走在冷风中，穿着短袖短裤跑步的网球社的家伙们一个个从我身边超了过去。为了上补习班，要冲刺到车站去的这些家伙，一个接一个超越了我。我并没有做什么错事，只是走在回家的路上，却不知为什么觉得有种罪恶感，我更加佝偻着背，不去看任何人，只盯着自己的鞋尖，逐渐加快脚步。尽管回家也没什么事可做……

真够背的。上了中学以后我真是背到家了。新年过后就更加倒霉了。你问因为什么事？是人际关系，特别是老师。社团的教练、补习班的老师、班主任，不知为什么都跟我过不去。因为这个，我觉得最近连班上同学都开始瞧不起我了。

跟我一起吃便当的，是热衷电车和 H-Game[1] 的宅男二人组。我在班上第一次受处罚后，跟我说话的只有这两个人，有什么法子。照这么说，此二人应该对我很友好了，实际上并非如此。因为他们除了自己喜欢的东西之外，对什么都不感兴趣。只不过是我跟他们说话，他们才搭理我的。但这样也比自己一个人待着好。当然了，我还是觉得跟他们俩凑在一起，在班上的女生面前特别难为情。

我不想去学校。可是因为这种理由不想上学，实在没办法跟妈妈说出口。要是这样说的话，妈妈一定会失望的。即便我现在的状况，距离妈妈的期望也差得很远呢。妈妈对我的期望，是让我成为出人头地的人，就像她的弟弟功治舅舅那样。

虽然我这么没出息，但妈妈总是很骄傲地对亲戚和邻居夸我“善良”。“善良”到底是什么呢？要是参加了什么义工活动那就另当别

1 即日本成人游戏，又被称为色情游戏、十八禁游戏。

论，可我不记得自己做过什么让妈妈觉得我很“善良”的事。妈妈是因为我没什么特别可以夸奖的地方，所以只能用“善良”这个词语来自欺欺人的。这样的话，不如不要夸奖的好。理由是，我虽然不喜欢垫底，但也不会因为没当上第一而沮丧的。

从我一懂事，就是在妈妈的称赞中长大的，因此我一直认为自己头脑聪明，体育也比别人强。我们这里虽是乡下，小学的学生人数却不算少。到了三年级的时候，我渐渐发现，那些只是妈妈的期望而已，真实的我，无论多努力，最多是中上的程度。

即便如此，妈妈还是把我在小学期间得到的唯一一张奖状放进镜框里挂在客厅，凡是有人来家里，都会夸奖一通。那是三年级的时候参加书法比赛得到的三等奖。我记得是用平假名[1]写的“选举”两个字。那时候的班主任称赞说：“很朴实的字嘛。”

上了中学之后，妈妈倒是不这样夸耀了，却动不动就说“善良”“善良”的。更讨厌的是，妈妈隔三岔五地写信给学校。这是我在第一学期期中考试之后发现的。

班主任森口老师在班会的时间公布了总成绩前三名的同学。那三个人一看就很会学习的样子。我一面拍手一面觉得他们好厉害，并没有感到难过，因为我本来就不如他们。住在附近的美月是第二

1　日语字母。

名，吃晚饭的时候我告诉了妈妈，可是妈妈好像不以为然，只说了句：“哟，是吗。”其实，她并不是无所谓。

几天后，我偶然在客厅的垃圾桶里看见了一封信的草稿。

“现在已是重视发挥个性的时代了，居然还有逆潮流而动、在所有同学面前表扬成绩好的学生的教师，对此我感到非常不安。”

我立刻明白这是妈妈抱怨森口老师的信。我马上拿着信纸到厨房去跟妈妈理论。

“妈妈，不要写这种信给学校好不好。这不让人觉得是我自己学习不好，却怪罪别人吗？”

妈妈听了很温柔地说：

“哎呀，小直，说什么呢，什么怪罪啊？妈妈的意思并不是排名次不对，只是反对公布考试的名次而已。只有考得好的学生才特别吗？只有学习好才是优秀的人吗？不应该是这样吧？老师给善良的学生排名次了吗？给认真扫除的学生排名次了吗？并且在大家面前公布他们的名字了吗？妈妈想说的是这个问题。”

简直太钻牛角尖了，让人受不了。虽然妈妈像煞有介事地讲大道理，可如果我的成绩好的话，妈妈才不会写这种信呢。她只是觉得失望。

从那时起，每当妈妈夸我怎么怎么“善良”，我就觉得自己好悲惨。悲惨、悲惨、悲惨……

身后响起了清脆的铃声，我停下脚步，同班女同学骑着自行车从后面快速超过了我。不久前她还会跟我打招呼说：“直君，拜拜。”我继续往前走，从口袋里拿出手机，假装看短信，分明没感冒却夸张地吸鼻子。

突然有人拍了一下我的后背，一看是同班的渡边。

“喂，下村，今天有空吗？我刚弄到一个很刺激的片子，你想不想看啊？”

我吓了一跳。自从二月换座位，他成了我的同桌后，我俩几乎没说过话。我们不是来自同一所小学，也没一起做过值日生什么的。

而且，我对渡边有些发怵。因为我和他的脑子完全不在一个等级上。他不去上补习班，各科考试也几乎是满分，暑假的时候，参加全国中学科技展还得了奖。我发怵的还不只这些。

渡边一般都是独来独往。早上和课间休息基本上在看很深奥的书，下课后也不参加任何社团活动，立刻离开学校。虽然和我近来的情况有些相似，但决定性的不同在于，他并不因此而感到自卑。

他并不是没有朋友，而是自己不愿意合群。就好像是“不屑于和笨蛋交往”。他这样子让我发怵。不知怎的，总会让我想起功治舅舅。

不过，渡边在班上的男生眼里是被高看一头的。甚至有那种拍他马屁，讨好他的蠢货。这并不是因为他功课好。大家不会对学习好的人那么恭敬。是因为他可以成功地把成人片的马赛克部分除去百分之九十。据说能看得非常清楚。

听到这种传言，我也很想看一看，可是跟他连话都搭不上，怎么可能冷不丁对他说“借给我成人片看看”呢？

出乎意料，渡边却主动跟我搭话。这到底是怎么回事？

“为什么问我呢？”

是想要我吧。说不定班上的其他浑小子正躲在哪里偷看我出丑呢。我这么想着，仔细看了看四周，并没有人在看我们。

“下村，我早就想跟你说说话了。但是一直没有合适的机会。我觉得你看着总是那么轻松，这一点我挺羡慕的。”

渡边说着，有点儿腼腆似的歪嘴一笑。尽管表情如此做作，可我还是第一次看到他的笑脸。

他竟然还说什么羡慕我？我羡慕渡边还差不多，怎么也想不到他会羡慕我。

“为什么？”

“大家都觉得我特别用功吧。好像我使出了吃奶的力气在用功似的，真是丢面子。”

“是吗？我可没这么想啊……”

“不，我真是失败啊。相比之下，你第一学期轻松地观察大家，第二学期成绩就突然提高了一大截。”

“哪有多少提高啊，比你差远了。”

“但是，你还没使出全力吧。很帅呀。”

很帅？我吗？我有生以来，还从来没有被男生、女生，包括妈妈在内这样赞美过，不禁心里怦怦直跳，脸上发烧。

虽然我的成绩从暑假去上补习班后才有了点儿进步，可是早在那之前就已经到了我的极限了。惹补习班的老师生气，还因此受了处罚，反正不管我怎么努力，中上的成绩就到头了，所以，上个月我就不去了。

然而听渡边这样一夸，我忽然觉得自己或许还有进步的空间。可能只有他看穿了连我自己都没觉察到的能力吧。

我想跟渡边成为好朋友。我真心这么想的。

我来河边一栋旧平房里的渡边的“研究室”，已经是第二次了。这回我带来了妈妈烤的胡萝卜饼干。

最新款的大屏幕电视正播放的，是变成生化武器的僵尸们在夜晚的都市中成群结队徘徊的画面。

渡边对于除去成人片的马赛克虽然有兴趣，但好像对内容并不感兴趣，看样子他生理上还抱有嫌恶感。他也曾经给我放过一次，可是想象中的下流的色情画面，却突然出现了拳击台，裸体的金发美女们扭打着摔起跤来，恶心得令人作呕，我实在看不下去。

所以，这回我打算看一般的片子了。我去车站前的影片出租店租来了外国科幻恐怖片。在我家，妈妈不许我看枪战片。真不知有这么带劲啊。英姿飒爽的女主角抱着机枪，朝着僵尸军团突突突地扫射，简直酷毙了。

“真给力啊，我也想打枪。”

我不由得叫起好来。不知他听到没有，我一看渡边，正好和他对视了。

“你有没有想教训的家伙？”渡边说。

“教训？”我反问。

渡边说“看完再说吧”，就把头转向了屏幕，继续看电影。他的意思是，如果我是电影的主角的话想要教训谁吗？我也把视线转回了画面。本来已经被机枪打倒的僵尸们又摇摇晃晃地站起来。这场面要是现实的话就太恐怖了。

最终正面角色并没能击败僵尸大军，结局要看续集Ⅱ。

“要是街上到处是僵尸可怎么办？”

我一边吃妈妈做的胡萝卜饼干，一边问渡边。他突然站起来，从桌子抽屉里拿出了一个东西。是个黑色的小钱包。

“这个，就是防盗电人钱包吧？”

“是啊。其实这个钱包的能量升级版已经研制成功了，只是还没有试验过。下村，摸摸看吗？”

我夸张地摇头摆手。

“开个玩笑，开个玩笑。这个东西就是为了教训坏人才做的，所以我觉得也应该拿坏人来做试验。”

渡边说着，把钱包放在了我面前。不管怎么看，都是个普普通通的拉链小钱包。

“用这个能教训人吗？”

“只要一碰到拉链的拉环就会触电的。所以应该会让人哇地大叫一声，跌坐到地上吧。你不想看看坏人被电到的狼狈样吗？”

“想看想看。你想要教训谁呀？”

“我正想问你呢，我这个人要求苛刻，所以看周围的人都是坏人……下村，还是你帮我选吧？”

“让我选？”

我的声音都变调了。实在太兴奋了。用渡边发明的工具来教训坏人。教训的目标由我来选。这不是很像电影里的那些主角吗？渡边是博士，我是助手。

我绞尽脑汁想起来。不是我的敌人，而是我们的敌人。这样的话，就只有老师了，那些总是自以为是的家伙。

“户仓行不行？”

“还行吧……可是我不想跟那家伙扯上关系。”

立刻被他否决了。那就是班主任了。把自己的小孩看得比学生重要的家伙。

“那就森口吧。”

“不行——我已经拿她试验过一次了……没办法用同样的手法骗她两次吧。”

森口也被否决了。我实在想不出来了。渡边轻轻叹了一口气，无聊地摆弄起了桌上的工具。

他大概后悔跟我商量这事了吧。要是我下面推选的人再不如他的意，这次计划可能会泡汤的。不，渡边也可能另外去找别人，然后跟那人一起取笑我。

——那家伙果然没用。根本指望不上。

我绝不要落得那样可悲的地步。可悲……我想起了又冷又脏的冬天的游泳池。想起自己一个人打扫那里的悲惨。其实我根本没有做错什么。我并不讨厌打扫，但是讨厌被人看见我被罚去打扫。所以发现有人来的时候，我都赶紧躲进更衣室里。谁知来的人却是……

对了。那个小孩怎么样?

“你看，森口的小孩怎么样?这不正是教训那个老师的好机会吗?谁让她把自己的小孩看得比学生重要呢。”

渡边摆弄工具的手停下了。

“这个主意好。我虽然没见到过，但听说她常常把小孩带到学校来。”

渡边显然很有兴趣。我在心中做出胜利的握拳手势。通过第一道关卡了。我为了让渡边觉得我特别有用，还把我在购物中心看到森口的女儿想买小棉兔挎包，但森口没买给她的事告诉了渡边。

“是这样啊。要是那么大的包包的话，威力还可以加大些呢。下村，你真厉害。找你果然找对了。多亏了你，肯定比我想象中更好玩了。”

“那咱们就快点儿去买吧。要是卖完了可就糟糕了！”

我们骑着自行车前往位于郊区国道旁的购物中心。

假日的特卖场人头攒动。离情人节还有四天。我快速穿过一群群妇女和女高中生，朝目标柜台赶去。

“就是这个。太好了，已经是最后一个了，所以我才着急啊。”

我一边拢着乱了的头发，一边把战利品小棉兔头形的绒布小挎包指给渡边看。

“最后一个啊，运气真好。”

渡边说。说的一点儿不错，要是卖完了的话，我们的计划可就泡汤了。最后一个，连运气都在帮我们。

我俩拿自己的零用钱，各出一半买了小挎包，然后到二楼的汉堡店开作战会议。

“防盗电人钱包是怎么做出来的啊？”

我一面狼吞虎咽地吃汉堡一面问。

“很简单啦。比如这个是拉链的拉环吧，就像这样做成开关。”

渡边一边摆着托盘上的薯条一边说明，我根本听不懂。

“我这样讲，你明白了吗？”

“啊，嗯，原来是这样啊。真的挺简单的。”

我不想让渡边对我失望，这样敷衍着他，不过似乎多少明白了。

不过能跟他一起在这里吃汉堡，我特别高兴。我跟二姐虽然来过这家汉堡店很多次，但是跟同学来还是第一次。小学的时候很羡慕搭帮来的那些国中生和高中生。现在我的梦想终于实现了。而且跟周围那些聊八卦的学生比起来，我们二人谈论的层次高多了，还是秘密作战会议呢。

“我问你，那个小孩为什么老去游泳池啊？”

渡边一面吃薯条一面问。这回轮到我表现了。

“她去喂狗。栅栏那边的那户人家不是养了一只黑狗吗？”

“啊，就是那只大毛狗？”

“对。她经常去喂那只狗，拿出藏在衣服下面的面包喂那只狗。”

“咦，为什么她去喂狗呢？那家的人呢？”

“说起来已经有一个星期没看见人了，可能是去旅行了吧？这个最好也确认一下。”

“怎么确认？”

“对了！咱们把球丢进去，然后假装去捡球，翻过栅栏到院子里去，你看怎么样？”

我脑子里不断地冒出一个个主意来。脑子反应这么快还是头一次。渡边负责发明，我负责作战。我已经不再是渡边的助手，而是他的伙伴了。

“这样的步骤，你看行不行？”我给渡边提出了下面的建议。

①先去踩点，以免节外生枝。

②跟渡边会合，在更衣室等小孩来。

③小孩来了以后，先由我跟她搭话（因为渡边的笑容不自然）。

④由渡边把绒布小挎包挂在她脖子上（就说是受她妈妈之托去买的）。

⑤然后，由我催促她打开看看。

“很不错啊。”

渡边满意地说。我想象着小孩吓得一屁股坐在地上的样子，简直太搞笑了。

“那个小孩会不会被吓哭啊？你说呢，渡边？”

渡边看着笑得收不住的我，也咧嘴一笑。

“不会哭。”

“真的？我想，绝对会哭的。对了，我们打个赌吧。输了的人下次在这里请吃汉堡套餐。好吗？”

“好啊。”

我们用可乐碰杯为约。

一边东张西望，一边偷偷进入游泳池的少年。——从开始之日起，一周后

从早上开始，不，这几天我一直都特别兴奋。上中学以来，我还是第一次这么喜欢上学。

“准备好了吗？”

第二节课下课后，我偷偷问渡边。他回答：“没问题。”为了不泄露计划，我们在学校里，仍然像以前那样互不搭理。

上课时，我更加心不在焉了，第五节的理科课上，每次和森口对视时，我就憋不住想笑。一天的时间转眼间就过去了。

放学后我自己一个人去了游泳池，观察了四周的情况，确认没有人。这时，我很庆幸今天恰好没有挨罚的学生打扫卫生。

我与把鼻尖从栅栏里伸出来的黑狗四目相对了。今天好像那家也没人。为了保险起见，我还是从书包里拿出在棒球社团的活动室里面捡的球，丢进院子里。我佯作“这下可糟了”，越过栅栏绕着那个房子走了一圈，然后到大门外去按门铃，等了一会儿没人开门，家里也不像有人的样子。

很好，一切顺利。

我再度越过栅栏回到游泳池边。在这段时间里，那只黑狗虽然看见了我，也不知是老了，还是太笨，连一声也没有叫唤。

我给渡边发出了“作战①结束”的短信，不到五分钟他就来了。

“一切都 OK！”

我对他竖起大拇指。

我们走进更衣室，躲在门背后。门本来就没上锁。于是作战②开始了。阴暗而满是尘埃的更衣室，就仿佛儿时玩耍过的秘密基地一般。那还是我以为自己无所不能的时候。不对，从现在开始，我也可以无所不能——只要跟渡边在一起。

我看向渡边。他好像在最后一次检查绒布小挎包。不管怎么看，都是个普通的小布包，渡边却能使它让人触电，太了不起了。

“哎，渡边，下次来我家玩吧。我妈妈说请你一定来，给咱们做蛋糕吃。看我交了个聪明的朋友，我妈妈好像很高兴。前不久她还写信给学校，抱怨说：‘怎么可以按照成绩来排名次！’可是我告诉她，最近跟渡边好了，她又说：‘啊，就是那个第一名的同学？’记得还真清楚，真是受不了。当然，我家里虽然比不了渡边的研究室，但是我妈妈做的蛋糕比外面卖的好吃。这样吧，今天完事后就去我家吃吧，太好了，叫我妈妈烤特别好吃的蛋糕。渡边你喜欢鲜奶油的还是巧克力的？”

渡边把手指竖在嘴前，嘘了一声。我一看外面，一个小女孩从游泳池入口的缝隙钻了进来。

“渡边，就是那个小孩。”

我们轻轻地探出身子，窥视着森口的女儿。

她完全没有察觉到我们，穿过游泳池，直奔把鼻尖从栅栏间隙伸出来的黑狗。

“毛球，吃饭啰。”

她说着蹲下身子，从运动衫下面掏出一个面包，用手掰碎了喂起狗来。她高兴地看着黑狗一边摇尾巴一边狼吞虎咽，面包一下子就吃光了。

“我回头再来喂你哦。”

她一面拂去身上的面包屑一面站起来。

我瞅了一眼渡边，他点点头。于是我们慢慢地朝小孩走过去。作战③开始。我先跟她搭话。

“你好，你是小爱美吧？”

森口的女儿吃惊地转过身来。我对她微笑着说：

“你好。你是小爱美吧。我们是你妈妈班上的学生。对了，前几天我在购物中心见过你呢，记得吗？”

我这是按预定计划进行的。可是，小孩用警戒的目光来回看着我们俩。

“你喜欢狗狗吗？我们也喜欢。所以常常来这里喂它吃的呢。”

渡边说。这台词并不是计划中的。但是小孩露出了高兴的表情。于是，渡边拿出了藏在背后的绒布小挎包递给了她。进入作战④。

“小棉兔！”

小孩惊喜地叫起来。渡边露出不自然的笑容，半蹲下来，看着小孩的眼睛问：

“上次妈妈没有买给你吧？还是已经买了？”

这本来是我的台词。小孩摇摇头。

“是吧。不然你妈妈也不会拜托我们去买了。虽然早了点儿，可这是妈妈给你的情人节礼物哦。”

渡边说着，把绒布小挎包挂在小孩脖子上。

“妈妈给的？”

小孩脸上马上喜笑颜开了。我原来觉得她跟森口长得一点儿也不像，但笑起来还真是一模一样。

“是啊。这里面装着巧克力呢，快点儿打开来看看吧。”

这本来是我说的一句关键的台词。渡边却自行说了出来，我有点儿生气，但现在不是发脾气的时候。即将进入高潮了。森口的女儿摸了摸毛茸茸的小棉兔的脸，然后一拉拉链。

看哪，吓了个屁股蹲儿！可是没想到……

随着啪叽一声响，小孩浑身猛地一抖，然后像慢动作一样仰面朝天地倒了下去，闭着眼睛，一动也不动。

这是怎么回事？……她不会是死了吧？

这个闪念划过脑海，我浑身颤抖起来，不由自主地紧紧抱住了渡边。

“这是怎么搞的呀？这个小孩不动了！”

渡边没有回答我。我慢慢抬起头，看见他面露微笑。是那种发自内心的满足的笑容，一点儿也不做作。他笑着对我说道：

“你去跟别人宣传好了。”

啊？什么？

不等我反问，渡边就像拂去脏东西一样把我的手推开。“我先走啦。”说完转身要走。

等一下，这到底是怎么回事啊！

我在心里大叫，却发不出一点儿声音。渡边好像想起了什么，停下脚步回过头来。

“啊，对了，你不用介意是我的共犯什么的。因为从一开始我就没把你当作伙伴。什么本事也没有，自尊心还那么强，我最讨厌你这种人了。在我这个发明家看来，你就是个培养失败的作品。”

培养失败的作品？失败的作品？失败的作品？等一等，渡边，别把我丢下啊！

我想逃走，腿却直发软，迈不开脚步。渡边的声音在脑子里不停地回响，眼前一片漆黑。

啊，现在天已经黑了啊。

报时声让我清醒过来。我觉得仿佛在黑暗中站了好几个小时似的，其实渡边才走了大概五分钟。我脑子里仍旧不断回响着渡边临走时说的那句话。

他一定是存心要杀死小孩的。我是被他利用了。可是他为什么利用我呢？

——你去跟别人宣传好了。

为了这个？要是我把整个经过一五一十地告诉警察，渡边一定会被逮捕的。难道说他希望我这么做吗？他想成为杀人犯吗？渡边这样的人，也不是没有这个可能。但是我就能脱罪吗？要是渡边跟警察说假话的话怎么办？说他什么也不知道，甚至说是我的主意，要真是那样，我就没救了。

我一低头，看见了绒布做的小棉兔脸。看见森口的女儿想买这个的人，不是我吗？我从仰天倒地的小孩脖子上摘下了绒布小袋子，用力扔得远远的。

这样就没事了吗？我就不会受到怀疑了吗？我现在偷偷跑掉，就不会被警察抓到吗？不，不行。要是孩子触电死亡的话，警察一定会搜捕犯人的。那样一来，渡边被逮捕就只是时间问题。被逮捕后，他推到我身上的话……

对，就伪装成小孩不小心掉到游泳池里好了。是她自己掉到游泳池里的。就这样！就这样！是她自己掉到游泳池里的。

现在没有时间犹豫不决了。我扭着脸，两手抱起了小孩。比我想象的要重。虽然我抱着她小心翼翼地走到了游泳池旁边，可要是不留神，连我也会掉下去的。我注意不让脚碰到漂浮着枯叶的肮脏水面，慢慢伸直了双手。

不行，要尽量不发出声音。

我小心保持着平衡，慢慢蹲了下来。就在此时，小孩的身体微微动了一下，然后她慢慢睁开了眼睛。我不由自主地发出“啊”的惊叫声，差点儿手一松，把小孩掉到游泳池里。

她还活着！她还活着！她还活着！

我松了一口气，想哭又想笑。

——你就是个培养失败的作品。

已经放松下来的我，脑子里再次响起了渡边临走时的那句话。摆出一副居高临下的态度。他果然想成为杀人犯，并且利用了我。可是小孩还活着。渡边的计划失败了。

失败！失败！失败了都不知道！连失败了都没注意到，不是大笨蛋吗？

说不清是和慢慢恢复意识的森口女儿对视在先，还是我松了手在先的了。我头也不回地离开了游泳池，双腿已经不再颤抖了。

我做成了渡边没有做成的事。

神清气爽醒来的少年。——案发次日

我下楼到厨房去，正在做培根炒蛋的妈妈回头对我说："直君，出大事了。"她打开了餐桌上的早报。地方版正中央偏下一点儿的地方，有一个小标题：

四岁儿童到游泳池附近喂狗，不慎坠入池中死亡

坠亡。已经上报了啊。我看了一遍报道，完全被看作意外事件。太成功了。

"森口老师真是不幸啊。不过，把小孩带到学校去也有问题。上课的时候，孩子怎么办呢？再说也快要期末考了……对了，小直，给你这个。"

妈妈从餐柜里面拿出一个用红色包装纸包着、外系金色绸带的盒子，放在摊开的报纸上。于是有关森口女儿的报道完全被遮住了。

"给你的，情人节的巧克力。"

我也对笑容可掬的妈妈报以最美的笑容。

今年二姐也不在家住了，巧克力恐怕只有这一份吧。我这么想着，去了学校，在换鞋的地方，美月送了我巧克力，说是"你二姐

以前一直对我很好”，以表感谢。我高兴地收下了。

“直君，看到报纸了吗？”

美月突然问道。我一哆嗦，巧克力差点儿掉到地上。

“真够可怜的！”我这么暧昧地回答。走进教室一看，不是一般地喧闹。大家都在议论这场意外。

听说留在学校参加社团活动的学生们都帮森口找女儿。发现者是我们班的星野，其他还有几个人也看到了尸体，大家议论纷纷。虽然有人在哭，但大多数人都有点儿兴奋的样子。一开始是互相交换情报，后来就变成自我炫耀的大会了。

我站在门口望着这幕景象，突然被人抓住手腕，拽到了走廊上。是渡边。

“你干吗多管闲事啊！”

渡边脸色吓人地质问我。我不但一点儿也不害怕，反而觉得好笑。我拼命忍住笑，甩掉渡边的手说：

“少跟我说话，我又不是你的伙伴。对了，昨天的事我不会跟任何人说的。想要宣传的话，你自己干吧。”

说完我就头也不回地进了教室。坐在座位上，我也不屑于参加他们的无聊炫耀。我默默地翻开了我的小说。这是一本以前功治舅舅推荐的早期推理作品。我已经不再是过去的我了。

因为我成就了渡边失败了的事。但是我并不想像他一样到处宣传。森口的小孩是意外死亡。即便被人发现是谋杀，凶手也是渡边。从刚才他的表情来看，果然是想成为杀人犯。所以，如果警察来学校查案的话，我想他应该会坦然自首吧。

真是个蠢货。失败了都不知道。每当我这么想，就觉得自己仿佛脱胎换骨了。

森口休息了一星期，就回到学校上课了。关于这次意外事件，她只在早上的小班会上简单说了句“休息了这么多天，很抱歉”。感觉就好像是因为感冒请假了一样。

我要是死了的话，妈妈一定会卧床不起，不然也会精神错乱吧！说不定会自杀，追随我而去。而我们班主任却若无其事的，让人不觉得她可怜，反而特别失望。

渡边多半也是这么想的。看见森口极度悲伤，渡边暗自窃笑，而我在心里笑他。本来应该是这样一幅图景的。

虽然没有达到预期，上课的时候我还是蛮愉快的。

老师们貌似平等地对待每一个同学，其实不然。不知道是为了不让学生觉得丢脸，还是为了让授课顺利进行（我想八成是后者），困难的问题一般都问学习好的学生。

渡边每次都是很从容地回答问题，受到老师夸奖，也是一副无所谓的表情。他这种故作超然的做派比以前更甚了，让我觉得很可笑。

他的表情似乎在说，这种弱智问题哪里难得倒我，我做成了比这更了不起的事呢！他连自己失败了都不知道。是我完成的那件事啊。

最近我觉得，连老师问渡边的问题都仿佛变得简单起来了。上星期小测验里难读的汉字我全写对了，国文老师还夸奖我了。

不简单吧？就算这学期的期末考不行，但下次就会考得比渡边好吧？我逐渐陷入了这样的错觉，教室里的所有人看起来都傻乎乎的。

太好笑了，我都快要憋不住了。

声音颤抖地讲述的少年。——案发一个月后

森口到我家来了。最后一天的期末考结束后，我已经回家了，下午却接到班主任给我手机打的电话：“你到游泳池来一下，我想跟你谈谈。”

被她发现了。要谈的一定是那起意外。我的心脏怦怦乱跳，拿着手机的手在发抖。镇定，镇定……犯人是渡边。去学校游泳池的话，我可能会慌乱，所以我请班主任到家里来。

“老师跟渡边……”

挂断电话前，我大胆问道。

“我刚刚跟他谈过。”

班主任静静地回答。我放心地吐了一口气。没事的，没事的……

犯人是渡边，我只是不小心被卷进去的。

森口突然来家庭访问，把妈妈吓了一跳。我让妈妈也在场。以妈妈的个性，她肯定会偷听谈话，既然如此，索性让她一起听一下。妈妈一定会相信我、帮我的。

“下村同学上中学以后，平日都在想些什么呢？”

森口一开口便这样问道。虽然跟这次意外没有什么关系，我还是无一遗漏全都说了。网球社的事、补习班的事、在电玩游乐场被高中生纠缠的事、老师没来接我的事、我分明是受害者却受到学校处罚的事，全都是些悲惨的事。

班主任一直都默默听着。

“下村同学对爱美做了什么？”

我说完后，正要喝红茶的时候，她那极力克制的静静的声音在客厅响起。我平静地放下茶杯。妈妈狂叫起来。她根本不了解我在其中扮演了什么角色，就开始歇斯底里了。我务必要装作是个被渡边利用的受害者。

我对森口坦白了一切。从放学时渡边叫我的那天说起，一直到在游泳池边抱起森口的女儿为止，一五一十地全说了。渡边的背叛让我万分难过，眼泪都流出来了。只是说到最后，我说了一点儿谎。

也许跟刚才渡边说的情况相符。森口从头到尾都没有插嘴。我说完以后，她仍旧沉默着，盯着桌面，放在膝盖上的双手紧紧握着。

她非常愤怒。真可怜。

妈妈也一直没有说话。

“下村妈妈。”

过了五分钟左右，森口终于开口了。她面对妈妈说道：

“身为母亲，我恨不得把 A 和 B 都杀了。但我也是一名教师。虽说告诉警方真相，将凶手绳之以法是成年人的义务，但教师也有保护学生的义务。警方既然已经断定为意外，我也不打算翻案。”

我大吃一惊。她竟然说不打算报警。妈妈沉默了一会儿，然后对森口深深低下头说：“非常感谢您。”我也一起低了下头。这样就算过去了。

我跟妈妈一起把森口送到玄关。虽说从始至终，她一眼都没有看我，也是没办法的事，因为她太生气了，我不必放在心上。

坐在座位上脸色苍白低着头的少年。——家庭访问一星期后

明天开始就放春假了。牛奶时间后，森口说她辞职了。不瞒你说，我松了一口气。即便得出杀人的是渡边的结论，只要她认为我也是共犯，每天来上学，也会心神不定的。

“辞职是因为那件事吗？”

美月问。那件事，当然是指那次意外。真是多嘴，我本想轻松地啧一下舌，但是班主任好像早有准备，没完没了地说了起来。

她说起了为什么当老师、劝世鲜师的事，等等。没有多大意思，快点儿结束啦。

接着，她又开始讲什么信赖关系如何如何，手机短信引发的恶作剧什么的。B 班的男同学有事的话，就让 A 班的班主任去解决？现在讲这个，不是太迟了吗？

单亲妈妈的问题、艾滋病的问题，最后说到了女儿在游泳池淹死的事。我有种脖子慢慢被人勒住了的感觉。“这个场面恰好被跟家人一起来买东西的下村同学看到了。”听到她突然提到我的名字，我不由得一阵恶心。刚喝的牛奶又反到了嗓子眼。我刚咽了下去，她说道：

“爱美的死并非意外，而是被我们班的学生杀害的。”

我仿佛被人从背后一把推到冰冷肮脏的游泳池里去了。无法呼吸。什么也看不见。脚碰不到底。怎么扑腾也够不到边缘……

我陷入这样的妄想之中，眼前黑了下来，但是还没到昏倒的程度。森口打算说到什么程度？我为了镇定下来，吸了一大口气。

这时我才注意到了周围的气氛，不由得打了个哆嗦。大家都目不转睛地盯着森口。就连一直很厌烦听她说话的家伙们都两眼发光。

但是，森口却讲起了少年法和露娜希事件。我完全搞不懂她想要说什么，只觉得呼吸越来越困难。差不多就结束了吧？我刚刚这样期待，立刻便落了空，因为她说到了小孩的葬礼。因为艾滋病而没能结婚的对象，即小孩的爸爸，竟然就是劝世鲜师，我不禁大吃一惊。

难道劝世鲜师来日无多，是因为得了艾滋病吗？此时我还有余力想这些。手上还残留着抱起小孩时的感觉的我，不由自主地开始在书桌上摩擦起手来。万一那个小孩也感染了艾滋病的话，说不定已经传染给了我呢。

隔壁班好像下课了，传来搬动椅子的哐当哐当声。森口好像也注意到了。好了，B 班也可以下课了。

“想回家的同学都可以走了。”

大概是我的祈祷应验了吧，班主任看向全班这么说。只要有一个人离开，我也跟着走，但是没有人走。

森口见状继续说下去：

“下面，我就把这两个犯人称作 A 和 B 吧。”

然后她开始讲少年 A。她说话的口气，谁听都知道是渡边。大家都偷偷地瞅渡边就说明了这一点。班主任是有意这样故弄玄虚的，好引起大家的兴趣。

然后终于说到少年 B 了。内容跟家庭访问的时候几乎一样。尽管她那时候默默地听我说，现在却在大家面前坦然地话里有话地讽刺挖苦我。说什么并非只要努力就做得到，而是根本做不到？但现在不是为这个生气的时候。我彻底完了。

这次大家开始不住地瞅我了。有人脸上露出讥笑，也有人交替看着我和旁边的渡边，还有人用轻蔑或者憎恶的眼光瞪着我。

我会被杀死！我会被杀死！我会被杀死！

因为去电玩游乐场只是被学校处罚，大家不愿意搭理我而已，但是杀人的共犯一定会被人杀死的。可是干坏事的人是渡边，我是受害者啊。犯人是渡边，我是受害者。犯人是渡边，我是受害者。犯人是渡边，我是受害者。我在脑袋里犹如念咒语似的重复着这句话。

“要是渡……哦，不对，要是 A 再杀人怎么办呢？”

小川突然提出这么个问题。这臭小子，想看笑话呢。

“说 A 还会杀人是不对的。”

我的身体被一下子拽进了深深的水底。

因为接下来森口断言杀人的是 B（也就是我）。还说那个强度的电流不会电死人，爱美只是昏过去了而已。

已经被她发现了。她来家庭访问的时候，就已经知道是我杀死了孩子。被她发现了。虽然她好像并没有发觉我是有意那么做的，但这一点肯定不重要。因为人是我杀的，这一事实并不会改变。

大家都在看我。此时渡边是什么表情呢？我已经没有余力去确认并嘲笑他了。我会不会现在就被警察逮捕呢？不，看样子不太像。她说的不想交给法律去处罚，到底是什么意思呢？

我渐渐地看不见四周了。我掉进的不是游泳池，而是黏糊糊的无底的泥沼。我从脚底开始慢慢地陷了进去，我的耳边只有班主任低沉的声音在回响。

我在两人的牛奶里加入了今天早上抽的血。不是我的血。我怀着让二人能成为好孩子的愿望，偷偷采取了一点点“劝世鲜师”——樱宫正义老师的血。

劝世鲜师的血，艾滋血被加入了牛奶里？我全都喝下去了。这意味着什么，就连脑子很笨的我也完全能明白。

死、死、死、死、死死死……我会死的。

我的身体陷入无底洞一般冰冷肮脏的泥沼之中去了。

呆呆地望着窗外天空的少年。——复仇之后

春假。我每天都关在自己的房间里，呆呆地望着窗外的天空。

我想从泥沼底部爬出来，逃到远远的地方去。逃到没人认识我的地方去。要是能在那里，一切重新开始的话该有多好啊。

蓝天上，一道白色的飞机云伸向远方。到底伸向了哪里？我这么想着，忽然想起了一段话。

“内心软弱的人会伤害比自己更软弱的人。被伤害的人除了忍耐

或寻死之外就别无选择了吗？没有这种事。你们生活的这个世界并没有如此狭隘。在这个地方生活痛苦的话，也可以逃避到别处去啊！我是这么想的。逃到安全场所并不丢脸。你们要相信，这广阔的世界必定会有可以让自己安身的地方。”

说这些话的，不错，就是劝世鲜师。是几个月前在电视上说的。我竟然在这个时候想到这些话，真是讽刺。就算我从这里逃出去，让一个中学生怎样活下去呢？在哪里睡觉？吃什么呢？会有人给离家出走的中学生饭吃吗？有人愿意雇用我吗？在如今这世道，身无分文让他怎样活下去呢？归根结底，大人不能从大人的角度来判断小孩的世界。

“我在你们这么大的时候，经常离家出走，跟一些狐朋狗友一起混日子。虽然如此，我从来没想过要死……因为有朋友。”

那是你们那个时代的生活。现在可不一样了。根本没人需要朋友，这种朋友本来就不存在。到头来我能活下去的地方只有这个家。爸爸工作赚钱、妈妈守护的这个家，是我唯一的安身之处。

要是把艾滋病病毒传染给了爸妈可该怎么办啊？而且如果他们比我先发病、死掉的话，我也活不下去了。

绝对不能让他们感染。

这是只能在泥沼中活着的我的，人生最后的目标。

在泥沼中度日的我，每天都在以泪洗面。但并非因为难过而流泪。

每天早上醒来，首先因为今天自己还活着而感激流泪。拉开房间的窗帘，沐浴在阳光下，尽管什么也没做，只因为迎来新的一天而流下眼泪。

妈妈做的饭菜好吃得让我流眼泪。餐桌上摆满了我喜欢吃的菜肴，我还能吃几次呢？这么一想，眼泪又夺眶而出。就连以前讨厌的最中饼，为了纪念我诞生到这个世界上而吃了一口，竟然好吃得眼泪流了出来。为什么我以前从没想过要吃呢？

听到大姐怀孕的时候，为新生命即将诞生而感动不已，喜极而泣。虽然想直接对一向对我非常好的大姐说一声“恭喜你”，但我只能在心里祈祷她生个健康的小宝宝。即便是流眼泪，我也是孤独一人。

但是我并不讨厌这样的自己。我一直以为知道自己不久于人世会充满恐惧，但是我觉得现在每天都比以前过得更充实了。

这样的日子能一直持续下去就好了，我这样希望。

春假结束了。

我升入了中学二年级，我必须去上学，接受义务教育。虽然明知道这一点，但我没办法去学校。因为我是杀人凶手。只要去了学校，就一定会受到班上同学的制裁。那些家伙一定会狠狠地欺负我。早晚有一天会被他们杀死。我不可能去那种地方。

可是我还担心一件事。妈妈会允许我一直这样不去上学吗？从开学那天起我就在装病，这招已经快不灵了吧！妈妈要是知道了真相，会生气还是会哭呢？抑或是失望？哪种我都讨厌，然而，我又绝对不能跟她说出我不能去上学的原因。

要是妈妈知道事件全部真相的话……

我把渡边杀害的森口女儿的尸体扔进了游泳池。仅仅这样，妈妈就已经受到了极大的刺激。要是她知道其实杀害小孩的是我，而且是很清醒地这么做的话……要是她知道我遭到了感染艾滋病病毒这样恐怖的复仇的话……

妈妈一定会发疯吧。而且要是被父母断绝了亲子关系可怎么得了？我最害怕的就是被赶出这个家。对我而言，那跟死了没两样。

终于，妈妈到我房间来了。不过，出乎意料，妈妈没有逼我去上学，只是要我去一次医院。她说只要诊断出有心病，就可以在家好好休息。

我真的生病了吗？

要是去医院检查出我感染了艾滋病怎么办？要是妈妈知道了怎么办？这是我最担心的。不过，万一情况不妙的话，逃走就是了。总比被迫去上学，被杀掉的好。

结果我白担心了半天，医生很简单地开出了诊断书。我得的是叫什么“自律神经失调症”的病，反正我也搞不懂。据说患了这种病不去上学的中学生全国有很多很多。听了医生的这个诊断，妈妈恍然大悟似的，居然露出很认同的神色。不管怎么说，总算是暂时可以心安理得地不去上学了。我大大松了一口气。

走出医院，我重新环顾四周。由于早上出门的时候很紧张，竟然没有意识到，这是自从那天以来我第一次出门。我对于自己依然能够正常呼吸感到很惊讶。看这样子，说不定我虽然去不了学校，却能够出门了呢！

我仿佛在确认一般，把头探出了泥沼，深深地吸了一口气，这时突然瞥见车站前的汉堡店的招牌。那就是我把渡边看作朋友的可恨的地方。

“咱们吃点儿什么好吃的再回家吧。”

妈妈这么说。我说：“我想吃汉堡。”虽然也不无不传播病毒的意图，实际上更重要的是想要赌一把。

尽管不是在购物中心，只要能够顺利地经受住汉堡店的考验，我就能从泥沼里爬出来。

我终日惶恐不安，担心自己会死，在看到汉堡店招牌之前，已经基本上忘掉了渡边。是啊，他现在怎么样了？一定是把自己一个人关在那间没人住的老房子的“研究室”里，因对死亡的恐惧而不得安宁吧！想象渡边那悲惨的样子，我倒觉得挺愉快。他是自作自受。我这么想着，大口吃起了汉堡。

就在此时，有什么东西溅了过来。

是牛奶！牛奶、牛奶、牛奶……旁桌的母女二人……是森口和她女儿！

她们来找我了。要把我从泥沼中探出来的头死命压下去。不要！不要！不要……我的头再度没入了泥沼之中。她们无时无刻不在监视我，决不让我从泥沼里爬出来。泥浆灌进了我嘴里。

我狂奔到洗手间拼命呕吐起来，要把那些泥浆吐出去。同时也将渡边的身影吐出去。

从窗帘缝隙偷看来访者的少年。——复仇约两个月之后

自从去医院以来，我就不敢出门了，不过我在家中过着平静的生活。尤其让我安心的地方，就是不用害怕会散播病毒的自己的房间。

我每天上网看漫画，还把自己想象的漫画的后续情节写在妈妈替我买的日记本上，自娱自乐。虽然打扫卫生很烦，但总比成天无所事事要愉快些。

就在这个时候，那些家伙跑来了。就是叫作寺田的新任班主任和美月。他们带来了各科的复印笔记。妈妈把他们请到客厅。客厅就在我房间的正下方，所以他们的对话我听得一清二楚。妈妈对寺田说了好些森口的坏话。

“伯母，直树的事就交给我吧。”

听见寺田自信满满地这么说，我差一点儿大叫出来。

不要你们管我！

我好容易咽下这句话，不安却突然涌上心头。

老师根本不能信任。他绝对是装出关心的样子，骗我去学校，然后让大家杀掉我。说不准寺田曾经是森口的学生什么的，可能是一伙的。他可能是装作担心我，来查看我在家里的情况，然后去跟森口报告。就连美月也是不能信任的。因为曾经有人说她是老师的眼线呢。森口虽然复了仇，但是觉得不解恨，所以计划着还是尽快杀了我也说不定。他要是来踩点的该怎么办啊！妈妈好像很喜欢寺田。要是他讨得妈妈欢心，上楼来我房间找我可怎么办啊！我会被他杀死的。对了，妈妈说了一大堆森口的坏话，要是他回头告诉森口该怎么办啊！

“没脑子的老太婆，少多嘴多舌！”

我对着兴奋地到我房间来的妈妈大吼，还往她脸上扔字典。妈妈惊呆了。我还是第一次这样反抗她。关上门我就哭了。可是除此之外，我想不出其他保护自己的法子。

寺田每个星期五都带着美月一起来我家。每次我都会陷入恐惧之中。尽管妈妈后来没让他们进家里来，但也没有不让他们来。这家访到底要持续到什么时候啊？

我害怕离开房间。就连关在房间里，我也觉得森口、寺田、美月，甚至连网球社的户仓教练都站在门外，吓得我什么也干不下去。

所有人都想杀掉我。

我在网上看漫画的事要是被他们发现了，肯定会被杀死。以森口的能耐，追踪到我在哪里上网，还不是易如反掌！倘若寺田在客厅装了窃听器的话该怎么办！森口绝对不会放过一边说“好吃”，一边吃饭的我。

我被人监视了。

我什么事也做不了。我关在自己的房间里，茫然地盯着墙壁。恍惚觉得白色的墙壁上映出了那次事件的影像。我想移开视线，好像都得不到允许似的。

这一定是森口的怨恨在作祟。

整日面壁枯坐的生活。日期、时间全然不知。吃东西味同嚼蜡。虽然害怕死去，却不觉得自己还活着。

我到底是不是还活着呢？

好久没有照镜子了，我看着镜中自己那肮脏不堪的样子。然而这说明我还“活着”。头发长长了。指甲长长了。皮肤上还堆积了一层污垢。我还活着。我流下了眼泪，止不住地流着。

我还活着！我还活着！我还活着！

长头发和长指甲，以及越来越肮脏的身体，就是我活着的证明。遮住眼睛和耳朵的头发也为我遮住了表情，让我不受那些家伙的侵害，并且告诉我，我还活着。

生命之源不是心脏，而是头发。

呆望着一堆黑东西的少年。——复仇约四个月后

我从沉沉的睡眠中醒来，看见枕头旁边散落着一堆黑色物体。

这是什么东西呀……

我一边晃着昏昏沉沉的脑袋，一边伸出手拿起来，用手一搓，那黑色物体就变成丝状纷纷散落下来。我胆战心惊地摸了摸自己的头，却碰到了耳朵。

头发没了……这东西是……我的头发。我的头发，我的命！我的命！我的命！

泥沼的底部开始融化，我的身体慢慢陷了下去。泥浆灌进我的眼睛、鼻子、嘴巴。好难受，好难受，不能呼吸。

死、死、死、死、死、死、死、死、死死死死死死死死死死死死死死死死死死死死死……

我不想死、我不想死、我不想死、我不想死我不想死我不想死我不想死……

不要、不要、不要、不要、不要不要……好可怕好可怕好可怕好可怕好可怕好可怕……

救命啊……

我醒来的地方并不是天堂。虽然乱得一塌糊涂，可千真万确是我的房间。我还活着。我还在呼吸。我的手脚也可以动。不，我真的还活着吗？

我走出房间下楼来，看见妈妈趴在桌上睡着了。这里果然是我的家。我进入浴室，看见了盥洗台上方的镜子映出的自己。

明白了。我没有死成，原来是因为还残留着的生的证据。

我从抽屉里拿出从小学时就开始用的剃须刀。直到上中学前，头发都是妈妈帮我剃的。我一按开关，响起很小的嗡嗡声。我把剃刀轻轻按在前额上。刀刃触到的油腻的头发散落在脚边，只有一小撮。与此同时，我心中也有点儿什么消失了。原来如此。生的证据就是对死亡的恐惧。这样的话，爬出泥沼的方法只有一个……

于是我再次用力摁下剃刀。静静的震动声音，在我听来就像是生命正在从我身上被除去的声音。

我把头发剃光，又剪了指甲，然后为了把身上的污垢洗掉而淋浴。我反复在毛巾上打肥皂，反复搓洗，污垢如同橡皮擦屑一样纷纷被洗掉了。生的证据一点点流进了排水沟。

我怎么还是死不了呢？

尽管活着的证据已经全部离开了我的身体，但我还在呼吸，对此我惶惑不解。突然间我想起了几个月以前看过的那部影片。

啊，原来如此。我变成僵尸了。怎么杀也杀不死的僵尸。而且我的血还是生化武器。这样的话，我要是把镇上的人都变成僵尸，该多好玩啊。

我一个接一个摸着便利店货架上陈列的商品。我的手所碰到的东西都沾上了鲜红的血。

生化武器，大功告成了。

我就像盖章一样，摸着一个个的饭团、便当和饮料瓶。

所有人，我要让所有人都品尝到和我一样的恐怖。

有人拍我的肩膀，是一个打工仔模样的茶色头发的店员。他用极其厌恶的眼神看着我的右手。我也看向我的右手。事先藏在衣袋里的剃须刀片割破的手心里流出了鲜红的血……血、血、血、鲜红的血……

刚才还不觉得什么，可看到伤口的时候，我突然感到一阵阵疼痛，就立刻打开一包店里卖的绷带，把手包起来。

来接我的是妈妈。妈妈一再对便利店的店长和店员低头道歉，然后把沾到我的血的商品全买下了。

回家的路上，虽然太阳已经西下，但阳光还是很刺眼。我不得不眯起眼睛，一边擦去脸上的汗一边走，渐渐地我觉得死亡的恐惧与活着的证明似乎都变得不重要了。卷着绷带的手阵阵作痛，肚子也饿了。

我觉得好累，好累……

我悄悄瞥了一眼身旁的妈妈。妈妈没有化妆，衣服也是昨天那身。每次家长参观日的时候，妈妈都很在意自己老了，我一点儿都不觉得。因为妈妈打扮得比谁都漂亮。但今天我是第一次看见妈妈出门没有化妆。她两手各提着两个便利店的袋子，没办法擦拭鼻尖的汗。我好容易才没让眼泪掉下来。

我误会了妈妈。我原来以为她不会接纳与她的理想背道而驰的孩子。但是妈妈连变成僵尸的我都接受了。

对妈妈说实话吧。然后让她带我去警察局。要是妈妈等我的话，就算多受一点儿处罚，我也能忍耐。即使成了杀人凶手，只要有妈妈在，我就能够重获新生。

但是我不知道该怎样向妈妈表达此刻的心情。直接说出来应该比较好，可是万一被妈妈抛弃了，该如何自处？我还是没有百分之百的把握。

骗你呢。

一旦形势不妙，我希望能有机会这样说来掩饰。所以我决定假装僵尸的样子跟妈妈坦白一切。

我在给妈妈讲述遭受森口报复之事的时候，有了重大发现。

自己到底是否感染了病毒不是还不知道吗？就算感染了，也不知道会不会发病啊！一直以来我到底在怕什么呢？

泥沼的水渐渐变得清澈了。

我沉浸在这样的解放感中，向妈妈坦白了自己故意杀了森口女儿的事。那天在游泳池畔感到的优越感又在我内心泛起。

妈妈听了我的告白，显得非常震惊，却没有马上说“去警察局自首吧”，而且也没有厌弃我的意思。剩余的那百分之几的不安也消失了，我高兴极了。

“小孩醒了你还把她丢进游泳池去，是因为当时吓坏了吧？”

妈妈反反复复追问我。“不是那样的。”我在心中回答。我实在无法说出“最接近妈妈教育理想的那个家伙没有完成的事，我完成了”这句话。

我为了不让妈妈担心，一直用撒娇的语气告诉她，我准备去警察局自首。

那两个家伙又来了。就是寺田和美月。但是我已经不害怕了。怎样我都无所谓。

“直树，你在上面的话，好好听我说！”

寺田在我家大门外对着二楼高声叫嚷，比平日更加热血沸腾。我心想，今天还有点儿心情，姑且听听他说些什么吧，就在窗边坐了下来。

“其实这个学期痛苦的不只是你一个人。修哉君也非常苦恼。他受到了班上同学的欺负。是非常卑鄙的欺负。”

他刚才说的什么？渡边去上学了？每天都去？并没有被杀死？

“……大家都明白做错了。”

他这话的意思是，虽然被同学欺负，但是已经解决了？

寺田后面说的话我都没听进去。代之以渡边在游泳池旁对我说的那些话。

——从一开始我就没把你当作伙伴。什么本事也没有，自尊心还那么强，我最讨厌你这种人了。在我这个发明家看来，你就是个培养失败的作品。

那家伙肯定是打心眼儿里蔑视嘲笑我成了“家里蹲”。

我躲在黑暗的房间里，蜷缩在床上，咬牙切齿。我不知道该向谁发泄这股怒气。原来害怕死亡躲在家里的只是我。让我碰到这种倒霉事的，还不是渡边吗？他倒去上学了。无以言表的挫败感充满了我的内心。

即便妈妈不陪我去，明天我也要去警察局，把一切都告诉他们。渡边可能会判得比我轻，但他要是知道那个小孩是我故意杀死的，一定会把肠子都悔青了。我真想看他那悔恨交加的表情。我想要居高临下地嘲笑他。

我听见上楼来的脚步声。是妈妈。或许她是来对我说：“明天去警察局吧。”我高兴地从房间出来，在楼梯上等妈妈，没想到……上楼来的妈妈手里握着一把菜刀。

这是怎么回事？

“妈妈这是干什么，不是打算去警察局吗？”

“不去。小直，就算自首了也不可能重新开始了。小直已经不是从前那个善良的小直了。”

妈妈流着眼泪说。

“想要杀我吗？”

“跟妈妈一起去你外公外婆那里吧。”

“你虽然这么说，其实只是要杀我吧？”

“那怎么会啊！”

妈妈紧紧抱住了我。我第一次发现自己已经比妈妈高了。我忽然觉得跟妈妈一起的话，死了也好。妈妈、妈妈，唯一了解我的人……

“小直是妈妈的宝贝……小直，对不起。你变成这样都是妈妈的错。我没有把你教育好，对不起。我失败了，对不起。”

失败了，对不起。失败了，失败……失败的作品！失败、失败、失败、失败失败失败失败……

妈妈放开我，伸手摸我的头。温柔地抚摩着我的妈妈的脸上，浮现出的是悲哀的表情。

“我失败了，对不起……”

不要说了，不要说了，不要说了！我不是失败的作品！我不是失败的作品！

有什么温乎乎的东西溅到我的脸上。

血、血、血，这是妈妈的血……是我刺的妈妈?

眼看着妈妈单薄的身体滚下了楼梯。

等一等，妈妈！千万不要抛下我！妈妈！妈妈！妈妈！妈妈！

……也带我一起走吧。

*

白墙上的影像总是到这里就没有了。这里面那个愚蠢的少年到底是谁啊！我为什么那么熟悉这个少年的心情呢?

对了，刚才有个自称是我姐姐的人来了，在房间外面跟我说话。

“小直什么也没有做。你只不过是在做噩梦罢了。”

她叫我“小直”。我不喜欢别人用和影像里那个笨蛋少年同样的名字叫我。只是我想，假如我真的是那个被叫作“小直”的人的话，所谓噩梦就是那段影像吧。

如此说来，现在我是在做梦吗……

如果是做梦的话，就快点儿醒来，吃完妈妈做的培根炒蛋就去上学。

第五章 信奉者

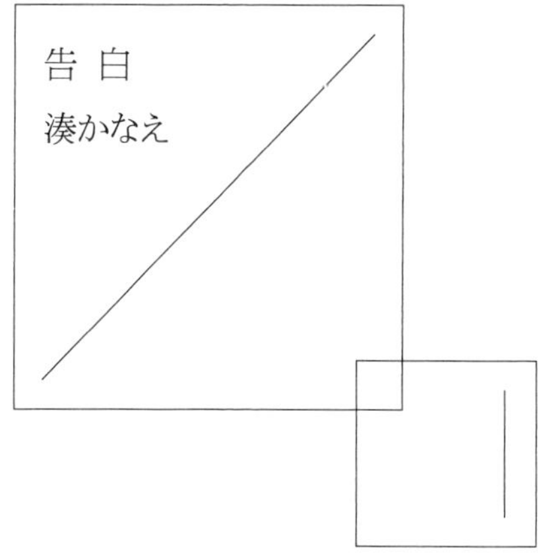

遗书

幸福就像脆弱的肥皂泡。——用这句话作为中学二年级男生的遗书的开头，会让人不舒服吗？

唯一挚爱的人离我而去的那天晚上，洗澡的时候，发现连香波瓶都是空的。人生就是这样。我只好往香波瓶子里接了够洗一次的水，用力摇晃，于是半透明的瓶子里充满了小泡沫。

那时候我就想，这就是我。将空瓶中残存的幸福残骸稀释，使其被小泡沫充满。即使知道这是无数空洞构成的幻象，也比空无一物要好。

八月三十一号。今天我在学校里安装了一个炸弹。

遥控引爆装置的开关是手机的发送键。只要使装入炸弹里的手机振动就会引爆。那个手机是我为此特地新买的，只要知道号码，任何人的手机都可以引爆它，如果有人打错电话，炸弹就会在五秒之内，砰！

炸弹就装在体育馆舞台中央的讲台里面。

明天是第二学期的开学典礼，全校学生都会在体育馆集合。我会在那里接受表彰。因为我第一学期写的作文获得了全县最优秀奖，昨天班主任寺田打电话告诉我的，还告诉了我表彰时的具体程序。

我上台接受校长颁发的奖状之后，校长就走下讲台，我站在讲台前朗读自己的作文。但是，我不会做那种没意义的事。我会发表短短几句告别词，然后按下手机按键……

一切都会被炸得粉碎。那群没用的废物也都得跟我一起消失。

对这起前所未有的少年犯罪，电视台一定会喜出望外吧？媒体会大肆炒作吧？这样一来，我会被大家看作什么样的人呢？与其让人们把“内心的黑暗”这种陈腐言词和庸俗的想象安在我身上，不如直接公开这个网页。可惜的是，因为我未成年，不能公开真实姓名。

问题是，对于犯罪者，人们到底想知道什么呢？是成长过程、埋藏于内心的疯狂，抑或是犯罪动机呢？好吧，我就围绕这些来写吧。

我知道杀人是犯罪。但我不能理解这为何是坏事。人只是地球上无数生物之一。如果为了得到某种利益，而必须消灭某个物体的话，也是没办法的事啊。

尽管我有不同看法，但学校给出了“生命”这个作文题目，我仍然可以比全县所有中学生都写得好。

我引用了陀思妥耶夫斯基《罪与罚》里的一句话：“被选中的非凡人物为了新世界的成长，拥有僭越现行社会规范的权利。”对此论点，使用“生命的尊严”等词汇，用中学生的口吻主张这个世界上不存在可以被容忍的杀人行为。半小时不到我就写完了五张稿纸。

我到底要说什么？我要说的就是，文章里所叙述的道德观等只不过是在学校教育中获得的学习成果而已。

有没有人本能地觉得杀人是恶呢？在这个信仰薄弱的国家里，大部分的人难道不是从一懂事就通过学校教育被灌输这种观念吗？正因为如此，才会认为残忍的犯罪者被判处死刑理所当然，尽管这里面会产生一些问题。

当然了，虽然极其罕见，也有人在通过学校教育，不顾自己的地位和名誉，主张即便是犯罪者，生命也是同样宝贵。到底接受怎样的教育，才能培养出那种感性呢？从出生开始，就每天晚上听大人给孩子讲述歌颂生命尊严的童话故事吗（真的有这种东西吗）？果真是这样的话，我就可以释然了。怪不得我没有这种感性。

因为我从来没听母亲给我讲过童话故事。她虽然陪我入睡，但每天晚上给我讲的都是电子工程学的内容。电流、电压、欧姆定律、基尔霍夫定律、戴维宁定理、诺顿定理……母亲的梦想是成为发明家。“我想要制造出能够消除任何癌细胞的机器。”她的故事总是以这句话结束。

一个人的价值观或标准是由成长环境决定的。而判断他人的标准，我认为依据的是自己最初接触的人，一般来说，这个人应该是母亲。比方说对于 A 这个人，由严格的母亲养出来的人会觉得 A 很温和；但由温柔的母亲养出来的人就会觉得 A 很严格。至少我的价值标准是我的母亲。但是迄今为止，我还没碰到过比她更优秀的人。也就是说，在我周围，都是些死了也不足为惜的人。很遗憾，其中也包括我父亲。他就是个典型的开朗快活的乡下电器行老板。我虽然不那么讨厌他，但也不认为他有什么活着的价值。

不管多么聪明的人都有低潮的时候，或者尽管不是自己的错，也会有被别人牵连的背运时期。母亲就是在这种时候遇见的父亲。

母亲是归国子女，在日本顶尖的大学读电子工程博士。她在研究的最后阶段遇到了很大的困难。而且，就在同一时期遭遇了车祸。

她去外县市的国立大学参加学会活动，回东京的时候，因夜行大巴的司机打瞌睡，巴士翻落到山崖下，死伤人数十多人，非常严重。父亲搭乘同一班巴士去参加学生时代朋友的结婚典礼，他把撞到头失去意识的母亲从车上拖出来，送上了最先到达现场的救护车。

因此机缘，二人相恋结婚，生下了我。不，也可能顺序相反。母亲没有完成研究课题，只修完了课程，无从施展多年所学，便来到了这个乡镇。

这段时期，在某种意义上，也可以说是她的康复时期。

母亲常常在日渐萧条的商店街电器行的一角，用简单易懂的方法把她拥有的知识教给我一点儿。有时打开小闹钟的后盖，有时拆卸大电视，“研究没有尽头”，母亲总是这样对我说。

“阿修是个特别聪明的孩子。妈妈无法完成的梦想就指望阿修了。”

一面这么说，一面用连小学低年级生都能理解的语言反反复复地给孩子讲解她无法完成的研究，母亲或许获得了灵感，她瞒着父亲写了一篇论文，寄给了美国的学会。那一年我九岁。

没过多久，原先大学研究室的教授来劝说母亲回大学继续学习。我在隔壁房间偷听到了，有人高度评价母亲的优秀才能令我十分高兴，甚至忘却了母亲可能离开自己的不安。

但是母亲拒绝了。她说自己还是单身的话，随时都可以回去，但现在无法抛下孩子。

由于我的存在，母亲拒绝了教授，这使我备受打击。是我扯了母亲的后腿。我何止是个没有存在价值的人，仿佛连存在本身都被否定了一样。

正所谓断肠之思，我想，当时的母亲大概是出于这种心情拒绝了教授的邀请吧。母亲将强压的憋屈直接朝我发泄起来。

“要是没有你就好了。”

她这么说，开始每天打我。饭菜没吃完、考试丢了点儿分、关门声音太大……随便因为什么理由，都会挨打。她不能允许的恐怕只是我在她眼前这个事实吧。

每次被打，我都会感觉身体里的空洞在扩大。

但是我没有告诉父亲。我并不讨厌父亲，但他凡事依赖母亲，自己什么都不过问，于是我就越来越瞧不起他了。

当然，我即便被打得鼻青脸肿、手脚瘀青，也没有恨过母亲。因为每次她情绪失控打了我，当天晚上，一定会到我房间来，温柔地抚摩着假装睡着的我的头，一边哭着说：“对不起，对不起……”我又怎么可能恨她呢?

母亲一离开房间，我就把脸埋在枕头里啜泣。我唯一爱的人因为我的存在而痛苦，让我非常难过。

那个时候我第一次想到死。

要是我死了，母亲就能充分发挥她的才能，完成多年以来的梦想。我在脑子里演练所有能想到的自杀方法。冲到在高速公路上奔驰的卡车前面去。从小学的屋顶上跳下来。把刀刺进心脏。不管哪种死法都丑恶不堪。想起前年冬天，躺在医院的病床上安详去世的奶奶，真想生场大病死掉。

就在我绞尽脑汁思索怎么去死的时候，父母离婚了。那年我十岁。因为父亲发现了母亲虐待我。好像是商店街的邻居告诉他的。母亲没有做任何辩解，决定办完离婚手续就离开家。尽管我知道母亲不会带我走，还是撕心裂肺般伤心地哭个不停，身体已经完全变成了空洞。

决定离婚后，母亲就不再打我了。相反，一有空闲，她就爱怜地抚摩我的脸和额头。做的都是我喜欢吃的菜。包心菜肉卷、奶汁焗烤、蛋包饭……心灵手巧的母亲做的菜比任何餐厅做的都好吃。

离别的前一天，我们母子俩最后一次一起出了门。母亲问我想去哪里，我什么也回答不出来。因为一开口眼泪就会掉下来。后来就去了郊区国道旁新建的购物中心。

母亲在那里给我买了几十本书和最新的游戏机。游戏机多半是为了让我排遣寂寞而买的，游戏软件让我选自己喜欢的。但是书全部是她选的。

“这些书，你现在看可能还有点儿难，等上了中学以后再看吧。全都是对妈妈的人生有着重大影响的书。阿修身上流着妈妈的血，也一定会被感动的。”

她这么对我说。陀思妥耶夫斯基、屠格涅夫、加缪……看起来都没什么意思，不过这都无所谓。身上流着妈妈的血，有这句话就足够了。

记得最后的晚餐吃的是汉堡。虽然母亲说去个更好吃的餐厅吃，但要不是轻松热闹的地方，我就没法忍住眼泪。

买的东西委托了送货服务，我们是牵着手走回家的。灵活地使用螺丝刀的手、做出好吃的汉堡的手、用力扇我耳光的手，以及温柔地抚摩我的头的手。直到即将分别的那天之前，我才知道手能传达给我这么多的回忆。我再也控制不住了。一边迈步，眼泪一边往外涌。我用另一只手拼命抹眼泪。只听妈妈说：

“阿修，妈妈已经承诺以后不能来看你，也不能给你打电话或者写信。但是妈妈会一直想念阿修的。虽然我们分开了，阿修也是妈妈唯一的孩子。阿修要是发生什么事，妈妈就是破坏约定也会赶来的。阿修也不要忘记妈妈啊……”

母亲也哭了。

“妈妈真的会来吗？”

母亲没有回答，只是停下脚步，紧紧抱住了我。这是变成了空洞的我的最后的幸福……

第二年，父亲再婚了。我十一岁。

再婚的女人是他的中学同学，长得虽说还不错，却笨得叫人受不了。跟电器行老板结婚，却连三号电池跟四号电池都分不出来。

但是我并不讨厌这个女人。

因为她很有自知之明。不懂的事就老老实实说不懂。客人要是问了什么自己不懂的问题，她不会糊弄人家，总是仔细记下来，问过父亲之后再给客人回电话。是个让人钦佩的笨人。所以我一直带着敬意叫她“美由纪阿姨”。当然，我从来没有做过肥皂剧里常见的欺侮继母、反抗继母之类的事。我帮她在网上拍到便宜的名牌包包，为了帮她拿东西，跟她一起出门买晚饭等，我觉得自己对她还是很不错的。

家长参观日她来学校，我也不觉得讨厌。虽然我没告诉她参观日的事，可她不知道从商店街的什么人那里听说了，我一回头，看见打扮得花枝招展的美由纪阿姨站在前排家长的中央。她用手机拍下了我在黑板上解开其他同学不会做的数学题，回去给父亲看，就连这些我心里也很高兴。

我们一家三口还一起去唱卡拉 OK、打保龄球。我觉得自己好像也慢慢变笨了，不过当个笨蛋却感觉很愉快，我甚至觉得就这样成为笨蛋家庭的一员也没关系。

父亲再婚半年后，美由纪阿姨怀孕了。笨蛋跟笨蛋生下的小孩，笨蛋的概率就是百分之一百，但是小孩和我有一半的血缘关系，所以我也很期待看到生下一个什么样的婴儿。那个时候，我以为自己已经完全成为笨蛋家庭的一员了。其实这么想的只有我一个人。预产期的前一个月，订购婴儿床的时候美由纪阿姨对我说：

“我跟爸爸商量过了，在奶奶的房子里给修哉君布置一间读书屋。小孩子爱哭，会吵到你的。放心吧，电视、空调什么的都给你装好。怎么样，很棒吧？”

已经决定了的事，没有我插嘴的余地。

第二个星期，他们就用店里的小货车把我房间的东西都搬到祖母在河边的平房里去了。我腾出来的房间里，在阳光明亮的窗边放了一张崭新的婴儿床。

一个小泡泡，啪叽一声破灭了。

这个乡下小镇没什么名牌学校，对于我来说，上离家最近的公立中学，考试是小菜一碟。学校的功课不管是哪科，我只要看一遍教科书，就知道在这个学校大致要学生学到哪种程度，于是我就掌握到这个阶段，不再努力多学习。

换句话说，我根本不需要这么一个专门看书的房间。但是他们既然给了我也没办法。为了有效地利用时间和空间，我提早一步开始看母亲买给我的书，本来是上中学以后才看的。

我不知道《罪与罚》《战争与和平》给了母亲怎样的影响。只是觉得我阅读时的感受，与流着同样的血的母亲相通吧。母亲的书果然选对了。我一遍又一遍地阅读。看书的时候，就像是与天各一方的母亲同在一个时间一样。读书对于孤独的我来说，可以说是小小的幸福时刻。

我沉浸在对母亲的回忆中，环顾这间作为电器行仓库用的房子。发现这里简直是一个宝库，各种工具一应俱全，废弃的家电也到处都是。我从中发现了一个闹钟。就是以前母亲曾经拆开后盖给我看过的那个。

我想修理一下那个装上电池也不走的闹钟，打开后盖一看，才发现只不过是接触不良。在修理闹钟的时候，我突发奇想，于是第一号发明——反转时钟就诞生了。就是长针、短针和秒针都反着转，能够让人产生时光倒流错觉的时钟。我让时钟的所有指针都指到零点，从这个时刻开始，我把这个学习房间叫作“研究室”了。

对于我苦心制作的反转时钟，周围人的反应十分冷淡。所谓周围人就是要我帮他们消除成人片马赛克的那帮笨蛋同学。他们盯着闹钟看了半天，也没看出指针在反转。没办法，我只好告诉了他们，可反应也就是“啊，真的呀”或是“嘿，挺好玩的”。却没有一个人问是怎么做出来的。对笨蛋来说，只有眼睛能看到的、跟自己有直接关系的东西，绝对不会去了解其内部是怎么回事。难怪会这么笨。真没劲。

我拿给父亲看了后，他只问了句：“坏了吧？”他现在心思都扑在那个刚出生的长得跟他一样的笨蛋儿子身上。

这是个得不到任何人赞赏的可悲的发明。对了，给母亲看的话，她会怎么说呢？只有她会称赞我。我一旦这么想，就再也无法压抑了。

我该怎样做才能让她看到呢？她的住址或电话号码我都不知道。我只知道她上班的大学。于是我设立了自己的网页，就是“天才博士研究所”。要是在那里公开自己的发明创造的话，说不定哪天母亲会看到并留言呢。我抱着这样淡淡的期待，在大学网站的留言栏里写下了自己的网址与留言。

在这里能够看到超喜欢电子工程学的天才小学生有趣的小发明。请一定来看看。

可是，左等右等也没有像是母亲的人来留言。来留言的全是同班的笨蛋。由于他们连消除成人片马赛克的事也写上了，结果招惹来一群变态的关注。还不到三个月，网页就成了笨蛋云集之所。我想赶走他们，让来这儿的家伙们后悔，就贴了河边的野狗尸体照片。没想到笨蛋们更高兴了，甚至连精神不大正常的家伙都来光顾了。纵然这样，我仍旧没有关闭网页，因为我不想切断这唯一的一缕希望。

进入中学后我仍然继续这个爱好。一年级的班主任是教理科的女老师。她不像其他老师那样跟学生的关系过分亲密，让我对她稍有好感。这对我而言是很难得的。以至于我想让她看看我的发明。

我立刻把刚完成的自信作品“电人钱包”拿给她看了。她会有什么反应呢？尽管我充满了期待，得到的却是大妈的歇斯底里大发作。

“你为什么做这种危险的东西？你想用它干什么？用它杀死小动物吗？”

大概有笨蛋把网页的死狗照片的事告诉她了吧。班主任竟然把这当真，简直比那些人还笨。我对她只有两个字，“失望”。

没想到，不久幸运的机会出现了，就是“全国中学生科技展”。贴在教室后面的简章里，有全国大会评审员的名字和身份。六名评审中有科幻作家和著名的演艺人出身的市长，但吸引我注意的是另一个人物。濑口喜和，名字叫什么不重要，重要的是头衔。他是K大学理工学部电子工程学的教授。那所大学可能是妈妈任职的大学。

要是我的发明得了奖，引起了这位教授的注意，说不定会传到妈妈耳朵里呢。妈妈听到我的名字会不会吃惊呢？儿子用她教的知识得了奖，她会为我高兴吧，并且会给我写一句祝贺获奖的留言吧。

我全力以赴。我本来做事就非常专注，但如此一门心思地投入一件事还是第一次。我首先添加了解除功能，以提升钱包的级别。我还考虑到中学生水平的比赛相对于作品本身的优劣来，或许会更重视报告的水准，因此在表达方式上下了功夫。叫作“电人钱包”的话，不过是个恶作剧的玩意儿罢了。这样是不行的。对了，还是叫作防盗钱包吧。图解和说明要力求确切，但是动机或是契机要像中学生的口气。手写应该比打字更好吧。最终完成的报告，以中学一年级学生的水平算得上很完美了。

但是，我碰到了一点儿困难。报名需要指导者签章，当我请班主任签章时，她面露难色。我想她可能还在介意网页上的东西，真让人无语。不过，我据理力争："我是为了张扬正气才做这个东西的。老师却认为这是危险的东西。到底谁对谁错，还是让专家来判断好了。"她只好盖了章。

结果完全在我的预料之中。暑假的时候，"电人钱包"参加了在名古屋科学博物馆举行的全国大赛，获得了相当于第三名的特别奖。虽然没得到第一名有点儿遗憾，但我没想到得第三名我也这么高兴。每个得奖者都会按座位顺序得到一位评审员的评语，给我评语的就是那个濑口教授。而且，他竟然就是当年来把母亲带回大学的人。

"渡边修哉同学，你真厉害。我都做不出这种东西。我还看了你写的报告，你应用了很多中学里学不到的知识吧。是学校老师教你的吗？"

"不是……是母亲教我的。"

"啊，你母亲教的。有这么好的家庭环境，你很幸运啊。以后你也要继续努力，发明更多有趣的东西。"

我把希望全部寄托在这个认识母亲的、称呼我全名的教授身上了。请你对在一起工作的母亲提起今天的事吧。不说也没关系，只要把印有得奖者名字的小册子放在她看得见的地方就行了。

后来我接受了当地报社记者的访问。由于我的报道刊登在了地方报纸上，母亲说不定看不到，但她要是知道我得奖了，或许会在网上查询，看到报道吧。我还这么期待着。

我接受访问那天，在我完全不熟悉的城市里发生了一起少年犯罪事件，即“露娜希事件”。一个中学一年级女生在家人的饭菜里下了各种毒，并将观察结果记录在博客上。那时我还有点儿感慨，这世界上竟然还有能想出如此有趣的花样的家伙啊……

暑假剩下的时间，我每天都在等待母亲的电话，却没有一点儿消息。母亲不知道我的手机号码。为了能及时接到母亲的电话，我不顾美由纪阿姨厌烦的神色，也不去“研究室”，一整天都待在家里。我不停地打开店里的电脑查看邮件，一有动静就去看信箱。

店里的电视里，一连多日都在炒作“露娜希事件”。露娜希的家庭环境、在学校的表现、学习成绩、社团活动、爱好、喜欢的书、喜欢的电影……只要一打开电视，就会看到海量的有关露娜希的信息，真让人受不了。

可我最关心的是，我参加科技展得奖的事母亲知道了吗？我甚至想象起了濑口教授跟母亲在大学食堂里喝咖啡的场面。

“前不久的科技展上，有个孩子的发明很有趣。好像是叫作渡边修哉……”

真是愚蠢。他们才不会聊这种事呢。一定在谈论“露娜希事件”吧。随着露娜希事件越炒越热闹，我只觉得身体中的泡泡在一个个破灭。我即便做了出色的事，上了报纸，母亲也没有注意到。要是……要是我也成为罪犯的话，母亲会不会赶来看我呢……

以上就是我的“成长过程”“埋藏于内心的疯狂”，以及“犯罪动机”。准确地说，是最初的“犯罪动机”。

犯罪有轻重之分。小偷小摸、盗窃、伤人……就算犯了个不大不小的罪，也不过是被警察和老师说教一通而已。而且这种程度的话，父亲和美由纪阿姨也会一同被告诫。这样的话就毫无意义。

我最讨厌的就是无意义的行动。既然要犯罪，就非得是震惊社会，让电视与平面媒体大肆报道的案子不可。要想达到那个程度，除了杀人，没有别的办法。拿出家里厨房的菜刀一边挥舞，一边满大街叫喊狂奔，刺死熟食店的老板娘如何？八成会被大肆报道，但这样的话，还是会追究到父亲和美由纪阿姨的责任。

因为如果媒体报道我的人格形成是受到那两人的影响的话就没有意义了。要是不把他赶到学习房间去，当作一家人一样对待就好了。倘若父亲说出这种话，被报道出去，让全国人民都知道的话，就太丢脸了。

我不希望是这样的。如果媒体不追究报道母亲的责任的话，她就不会赶来吧。必须让案子发生后，舆论的目光都集中在母亲身上才行。我和母亲有着共同的东西，那就是才能。也就是说，我犯下的罪行一定要与母亲遗传给我的才能相关才行。为了这个目的，就要使用我的发明了。

要新做一个吗？不用，不是有一个最合适的作品吗？就是“电人钱包”。颁奖的时候濑口教授问了：

“是学校老师教你的吗？”

我是这么回答的：“不是……是母亲教我的。”

发生杀人案的话，凶器自然也会成为关注的焦点。刀子或金属棒太无新意了。就连露娜希事件的氰化钾以及各种药物，也不过是从网上买的，或是从学校里偷出来的现成东西而已。总之，都是靠工具杀人的，与本人的才能无关。

凶器若是少年犯自己发明的东西的话，人们会有怎样的反应呢？而且一旦知道那还是“全国中学生科技展”这种以青少年为对象的健康的比赛上获奖的作品，媒体一定会大为震惊。可能会追究授奖的评审员们的责任。这样一来，濑口教授或许会说给少年启蒙的是母亲吧？

这种可能性即使很小，但因为开电器行而首先受到世人质疑的父亲也很可能为了转嫁责任而把母亲的事说出来。说到底，何必这样胡思乱想，我自己直接说出来就得了。

从我刚懂事开始，母亲就一直在教我电子工程学的基础知识，因此我从来没听母亲讲过“桃太郎”“仙鹤报恩”之类的童话故事。

我这个发言多半会引起相当多的争论。母亲会对我说什么呢？她一定会说：“阿修，对不起！”然后像分别的时候一样紧紧抱住我吧。

凶器决定了之后，就是选择作案目标了。我这个乡下小镇中学生的活动范围只有自家、“研究室”、学校这三个地方及其周边。正如我前面所说的那样，要是在我家附近，特别是商店街作案的话，就算凶器是我的发明物，也不会追究母亲的责任，而是父亲。“研究室”周围没人住。虽然可以把到河边来玩的小孩当作目标，但那里是设施差劲的危险场所，根本没有小孩定期来玩耍，不适合有针对性的犯罪。这样一来，就只有学校了。学校里发生了杀人案，媒体也一定会大肆报道的。

那么，杀谁呢？关于杀人对象，其实谁都可以。因为对那些乡下的笨蛋我本来就没兴趣，所以连班上同学的名字我几乎都不知道。选择是老师，还是学生呢，媒体对哪个更感兴趣呢？

中学男生杀害老师！

中学男生杀害同学！

不管哪种情况，说有吸引力都有吸引力，但要说无聊也都很无聊。

一般来说，人到底会在什么情况下想要杀人呢？坐在我旁边的家伙上课的时候在笔记本上写了好多“去死吧”。其实一无所长、没有生存价值的不正是你自己吗？就这么个让人特别想吐槽的家伙，到底想让谁去死呢？我觉得让这家伙选个目标或许不错。

但是，我找他搭伙并不只是因为这个原因。而是因为这个杀人计划需要有证人。即便我杀了人，没有人知道是我的话也没意义。然而自首又太白痴了。因此就需要有个人从头至尾参与我的计划，之后向警察、媒体做证才行。

并不是随便找个人都可以。首先严于律己、正义感超强的家伙不行。由于让他见证计划的各阶段，有可能会透露给父母的家伙也不行。当然就更不用说有可能说教“不可以杀人”的家伙了。

其次，满足于现在的生活的人也不行。那种家伙看到比自己不幸的人，几乎都会胡乱同情人家。“喂，你为什么想杀人呢？心里有什么不痛快吗？跟我说说好吗？”要是被对方这么追问可怎么办？你不就是想要痛快痛快吗？

不过，这些家伙都很透明。对于同班同学的个性，我只要一个星期，就能了解个八九不离十。

要小心提防的是笨蛋。而且是搭顺风车的笨蛋。比方说，你帮他把成人片的马赛克除去了，结果他就像是自己搞成功的一样到处吹嘘的那种笨蛋；我在网页上贴了动物尸体照片，只不过来网站看了看，就自以为成了坏小子们的同伙似的笨蛋。到处宣传自己是共犯的家伙绝对不行。

理想的人选是，虽然同样是笨蛋，但内心积蓄着不满的胆小鬼。下村直树就是完全符合这一条件的最佳人选。

二月初，我给“电人钱包”成功升了级。实行计划的时机终于到了。

我跟下村几乎没说过话，但只要亲热地跟他搭个话，稍微夸他两句，他就会立刻对我推心置腹了。只要我随口说些违心的话，稍微挑唆他一下就得了，轻而易举的事。此时我再邀请他看成人片就OK了。

但是我很快就后悔选下村当证人了。

首先令我失望的是，他没有想要杀死的人。只是感觉心情极其不爽，可又不知道什么词汇，只能用“去死吧”发泄出来而已。

而且他这个人真是烦人。他在学校貌似沉默寡言，但稍微对他亲热一点儿，他就唠叨个不停，唠叨个不停……

“这是妈妈做的胡萝卜饼干，你不尝尝吗？这样啊，原来渡边跟我一样讨厌胡萝卜啊。咱俩真合得来。我也是只能吃胡萝卜饼干。我讨厌胡萝卜，所以妈妈为了我尝试了各种不同的料理法和甜点，尽管都好难吃。只有这个做法我觉得还可以，还能吃下去。”

他以为自己是谁啊。我之所以不吃他的饼干，是因为觉得心情不快。已经是中学生的儿子去同学家玩，母亲还让他带着手工饼干去，这就令我不快，而且丝毫不觉得丢脸并带饼干来的下村也让我受不了。

我心想，干脆把这家伙杀掉算了。我第一次意识到，杀意，原来是在本应保持一定距离的人越过了界线的时候产生的。

就在我想换个人当证人的时候，下村说出了一个出乎意料的目标。是一个我完全不曾想到的人——班主任的女儿。

中学男生在校内杀害班主任的孩子！

这是迄今为止没有先例的。媒体一定会蜂拥而来的。给她看“电人钱包”，却挨了一通歇斯底里的臭骂的班主任。十分勉强地在报名表上盖章的班主任。此人的小孩。就下村那个脑子，实在是超水平发挥了。而且他还提供了一个信息，那个小孩在购物中心闹着要买小棉兔头形的绒布小挎包，但是班主任没给她买。于是我决定仍然让下村当证人。

下村以为我们只是在计划一个恶作剧，兴奋不已。他摩拳擦掌地说有必要事先去踩点，并自行计划起来。他列出好几条无聊的程序，我没有说什么，随他去好了，可他更来劲了。

“那个小孩会不会被吓哭啊？你说呢，渡边？”

也不知道有什么好笑的，他一面嘻嘻地傻笑一面问。

“不会哭。”

因为目标会死的。完全被蒙在鼓里，还傻乎乎地笑个不停的下村实在太滑稽了，让我不笑都不行。等到目击了杀人现场，他就兴奋不起来了。说起来，的确有人讲过下村的母亲常常跟学校抱怨，动不动就写信给校长。正好，这回闹得越大越好。

按理说一切都是准备周全的。

实施计划之日。收到先去现场查看的下村给我发的短信后，我去了游泳池。

就在我们躲在更衣室里，等着目标出现的那点儿时间里，那家伙也不停地说着让人厌恶的话。说什么叫妈妈做好蛋糕，今天要开个庆祝会。这个计划结束之后，我再也不会和他说话了。我没有回答，真想好好教训这个傻瓜一顿。这很简单。只要告诉他真相就可以了。

我这么想着的时候，目标出现了。是一个长得很像班主任，看起来很聪明的女孩（当时四岁）。虽是个小不点儿，却是昂首挺胸的，眼角扫视着四周，一走到黑狗面前，就从运动衫底下拿出长条面包，掰碎了喂给它。

在我的想象里，单亲妈妈的小孩会比一般孩子不幸，可她完全没有给我那种感觉。穿着印有小棉兔图案的粉红色运动衫。头顶上左右对称地用带圆球装饰的橡皮圈扎了两个小辫子。白嫩的脸蛋儿。

她看狗时的笑脸简直就像毛茸茸的小棉兔真人版。这是个备受宠爱的小孩。——在我看来是这样。

说出来真是很丢脸，当时我对目标感到了忌妒。目标不过是这个计划的所需之物，应该只把她当作一个物品的。

为了甩开这屈辱的感觉，我站起来朝目标走去。追上来的下村抢先一步走到我前面，对小孩说道：

“你好。你是小爱美吧。我们是你妈妈班上的学生。对了，前几天我在购物中心见过你呢。”

我冷不丁被他先声夺人。老实说，我怎么也没想到他会这么没用。是下村提议由他先打招呼的。他连台词都想好了，考虑到他唯一的长处就是长着一副和善的脸，我就同意了，真是可恶透顶。

下村说话的口气简直就像一年一度的商店街促销活动时的那种猜奖秀的三流司仪。本来正常讲话就可以，他偏偏要装得像个亲切的大哥哥。连目标都惊讶地盯着下村。这样下去计划就要泡汤了。

我赶忙和目标说起话来，下村在旁边看着就可以了。

我对她提起了狗，目标马上露出高兴的神色。人类真是单纯的动物。我看准时机，拿出绒布小挎包给她。

“虽然早了点儿，可这是妈妈给你的情人节礼物哦。”

我说着把绒布小挎包挂在她脖子上。

“妈妈给的？”

目标脸上浮现出了笑容。这是只有受到宠爱的人才会有的笑脸。是我失去的东西……

去死吧！我发自心底地想道。屈辱转变成了杀意，杀人这个手段从而增加了附加值。同时也是这个计划达到完美境界的瞬间。

“这里面装着巧克力呢，快点儿打开来看看吧。”

目标毫不怀疑地去拉拉链。

啪叽一声响，与此同时，目标猛地颤抖了一下，仰面朝天地倒在地上。闭着眼睛，一动也不动。

比泡泡破碎还要容易。

死了！死了！太成功了！母亲一定会赶来。她会说“对不起”，然后用力抱住我。从此以后，我们都永远在一起了。

是下村把差一点儿哭出来的我拉回了现实。他抱着我，浑身发抖。恶心死了。

“你去跟别人宣传好了。”

我说完想说的话，甩开下村的手，转身走了。

我已经没有什么话要跟你说了。但是从现在开始，轮到你出场了。就是为了这个，我才跟你这种笨蛋说话，甚至让你进入“研究室”的，你竟然弄得我满电毯都是饼干屑。

我停下脚步，回过头一看，下村仍然呆若木鸡地戳在那里。

“啊，对了，你不用介意是我的共犯什么的。因为从一开始我就没把你当作伙伴。什么本事也没有，自尊心还那么强，我最讨厌你这种人了。在我这个发明家看来，你就是个培养失败的作品。”

太完美了。太痛快了。我居然能想到“失败的作品”这么好的词。我再次转过身去，头也不回地离开游泳池，回“研究室”去了。

按说一切都是照计划进行的。

我在研究室过了一夜。我一直在等手机响起，等着警察来按门铃，结果什么也没有发生，直到天亮。下村没准还抱着妈妈哭哭啼啼的呢。他就是个做什么都特迟钝的家伙。不过尸体差不多该被发现了吧。

从电视和网上看不到一点儿消息。我觉得很纳闷，为了看早报，去上学时回了趟家。我已经变得完全不习惯吃早饭了，美由纪阿姨说着“至少喝点儿牛奶吧？”给我倒了一杯，我一口气喝完，打开了放在餐桌上的还没人看过的报纸。我一向都是从头版开始看，但今天没有那个工夫，直接翻到了地方版。

四岁儿童为了喂狗，偷偷进入游泳池，不慎坠亡

不慎坠入池中死亡？是哪里搞错了吧，我仔细看了看报道。

十三日下午六点三十分左右，在市立 S 中学的游泳池里，发现了该校教师森口悠子的女儿爱美（四岁）的尸体。死因初步推断是失足掉入蓄着水的游泳池溺亡，S 市警察局正在对相关人等进行调查取证。

不管是标题还是措辞，都把案件看作一次意外。而且不是触电死亡，是溺死。

这到底是怎么回事？我正想好好梳理一下，美由纪阿姨在旁边叫了起来。

“哟！这不是阿修的学校吗？什么，森口悠子，是不是阿修班上的森口老师啊？是她吧。没错吧。没错吧，真是吓死人了！小孩死啦——”

现在一边回想一边写的时候，觉得这继母还真敢说，不禁有些钦佩她，可当时我哪有这份心情。一定是下村干了什么多此一举的事。为了弄清真相，我急忙去了学校。

我一直以为“失败”这两个字与我的人生无缘。自以为知道不会失败的方法。绝不会和笨蛋有什么关联。但是我专注于选证人时，却完全忘掉了这个原则。

学校里，大家都在谈论这次事件。发现尸体的是同班的星野，他肯定地说：“我看见尸体浮在游泳池里。”不是这样的吧，我在心里嘀咕。为什么不说是渡边修哉君用全国大赛得奖的小发明杀死了班主任的小孩？

他当然不会这么说了。因为大家都认定是一次意外，而不是杀人案件。这个计划太失败了。一定是下村这个胆小鬼为了隐瞒自己是共犯，把尸体扔到游泳池里，伪装成是意外。

我立刻恼怒了。我以为案子虽然被看作意外，他也会多少有点儿害怕吧，没想到这家伙没事人似的来上学，我就更来气了。

“你干吗多管闲事啊！”

我把下村拉到走廊上质问，他竟厚颜无耻地说：

“少跟我说话，我又不是你的伙伴。对了，昨天的事我不会跟任何人说的。想要宣传的话，你自己干吧。”

那个时候我就想到了，这家伙并不是因为害怕才把尸体扔进游泳池的。他是为了破坏我的计划故意这么做的。

他为什么这么做呢？理由很简单。就是因为我临走前对他说的那句话，他是想要报复我。我太小瞧他了。兔子急了还咬人呢。在整个日本，没有比走投无路的笨蛋更可怕的了，保不齐做出什么荒诞至极的事吧。我后悔不该一时感情用事，选择了这个笨蛋。

当然我并没有失去什么。什么也没有改变。我只需继续做个好学生，重新制订一个新的计划即可。

事件到此应该已经结束了。

然而事件并没有结束。因为受害者的母亲，也就是班主任发现了真相。

案发约一个月后，班主任把我叫到化学实验室，拿出一个又脏又破的小棉兔绒布小挎包给我看。这不是我倾注全力制作的凶器、钟爱的发明吗……我差一点儿叫出声来。

成功了！成功了！成功了！

我向她坦白了一切。我说，我想要用自己的发明杀人。我想要制造比露娜希事件更引起媒体关注的事件。只可惜我找来当证人的下村害怕被追究，把尸体扔进了游泳池。这样的结果让我感到非常遗憾。

当时我说的那些话很挑衅，没有被班主任杀了，实属万幸。那是当然。这是我将失败转变为成功的绝佳机会啊。但是班主任说不会去报警，不会让此事成为你所期望的惊天动地的杀人案件。

这是为什么？为什么一个个的都给我挡道啊？诸事不能顺心如意令我焦躁万分。

她说不会去报警。

结业式那天，对全班宣布了辞职的事之后，班主任以告别词为幌子说起了事件的真相。我不知道她为何不去报警，却对班上的笨蛋们讲这些，但是她说的话并不无聊。虽然有些夸张做戏，让人厌烦，但她的人生还真算得上波澜壮阔。

随着渐渐接近真相，大家都开始朝我看来。我承受着大家刀子般锐利的目光，沉浸在满足之中，自己是杀人犯的事实，首先在学校里传开也不错。“要是 A 再杀人怎么办呢？”兴奋过头的笨蛋这么一问，引出了班主任的惊人回答。

“说 A 还会杀人是不对的。”

虽说我是当事人，所有情况都清楚，却不明白她在说什么。

“别说有心脏病的人了，就连四岁小孩也不会因此而停止心跳。”

她说的是，我的发明被否定，杀害小孩的不是我而是下村。我只是让小孩昏过去而已。然后以为小孩已死的下村把她扔进了游泳池里，导致她“溺死”。大家的目光一齐转向真凶——下村的身上。

羞耻。有生以来从没有这般无地自容过。我恨不得当场咬舌自尽。但是最后班主任说出了深有含义的告白。

她说，她把艾滋病患者的血液加入了我和下村的牛奶里。

我要是像下村一样的笨蛋的话，早就跳起来大叫“bravo[1]！”了。

自从知道是自己扯了母亲的后腿，我不止一次地想要自杀，但由于年纪太小，想不出怎么自杀。那个时候，我不知祈祷过多少次：让我生场大病死掉吧。

如今，这个愿望以这种意想不到的方式实现了。不，应该说是

---

1 法语，“欢呼”的意思。

超出预想的局面。而且非常成功。比起成了杀人犯的儿子来，母亲会更关心患了重病的儿子，更有可能来看我了吧。

这么说的确很可笑，但那时，我突然产生了活下去的勇气。

我想立刻就去医院检查，然后把感染了 HIV 的诊断书寄到母亲所在的大学，但是检查结果要三个月后才会知道。

我实在等不及了。自从母亲离开之后，我不曾有过这么充实的时光。父亲可能不希望我跟母亲见面，但他要是知道我得了这种病，态度也会改变吧。说不定余生最后的几年能跟母亲一起度过呢。

潜伏期通常是五到十年。我就去上母亲任教的大学，跟她一起搞研究吧。这样我就可以和母亲一起创造惊人的发明了。最后我在母亲的怀抱里慢慢死去。

我反复想象着这个场面，迎来了新学期。下村不来上学了，班上的笨蛋们也怕被感染，都躲着我，每天过得别提多自在了。

但是笨蛋们渐渐开始没事找事了。有人把纸盒牛奶塞进我书桌抽屉和鞋箱里，藏起我的运动服，在我的课本上写“去死吧”。尽管我很烦地想，难为他们琢磨出这么多无聊的把戏，还真挺佩服他们的。即便如此，当臭味熏人的牛奶塞满书桌而被挤破的时候，我也有曾经闪过杀了这些浑蛋的念头，可一想到跟母亲一起生活，就什么都无所谓了，饶了他们算了。

翘首以盼的三个月终于过去了，我到邻镇的综合医院去验了血。

那是验完血的一星期后了。哪怕是笨蛋，结成一伙的力量也不能小看。放学后，我被他们从背后反剪双臂，他们用胶带缠住了我的手脚。袭击我的家伙还戴着口罩和橡胶手套，真是准备周到。

我可能会被杀死。若是过去，我根本不会在乎的。可是那时我不想死。因为梦想马上就要实现了啊。

向这些笨蛋哭泣求饶，他们就会放了我吗？给他们下跪恳求就能饶过我吗？我想要活下去，无论怎样的屈辱我都可以忍。但是，他们那天制裁的目标并不是我，而是班长。他们怀疑她给班主任打小报告，说班上正在实行叫作“制裁”的无聊游戏。

她辩解说没有打小报告，为了证明自己清白，朝我丢了纸盒牛奶。牛奶盒砸到我脸上，发出砰的一声，摔破了。那瞬间我脑中浮现出母亲打我的记忆。当时我脸上是什么表情呢？班长和我的眼睛对视时，轻轻说了句：“对不起。”于是，她被判定有罪。判处跟我亲嘴。他们把我弄来，就是为了这个。

怎么全是些如此无聊的人啊！我一路想着回到家，看见信箱里有一封医院寄来的信。

终于来信了！我用发抖的手打开一看，顿时坠入了无底的深渊。是阴性。没有被感染。这种可能性并非没有。我为什么丝毫没有怀疑过呢？可能是因为那天班主任制造的恐怖气氛让我这样认定的吧。

早知这样，还不如今天被他们杀了呢。

半夜，我给班长打手机把她约了出来。因为我不能把这张已经毫无价值的纸丢掉。尽管对自己没有价值，但是对以为自己被 HIV 带原者亲吻的班长来说，或许和性命一样重要。

不对，这个理由是后加上的。我不想一个人待着。而且我以前就对她有点儿兴趣。应该这么说才对。对她感兴趣，是因为我亲眼看到过她去药房买好几种化学药品，被人家拒绝了。

“我是想要染头发……”

她对店员这么说，我想，我可以用这些药品做炸弹。不知道她是不是也有这个打算。所以就对她注意了。

她是想要杀什么人吗？我甚至产生了或许可以和她有所互助的期待。

我随口编了个理由就把班长叫出来了，她看了我的验血结果，却说了句意想不到的话。

“我早就知道了。”

她这么说。难道她是用什么别的方法比我先知道了验血结果吗？还是详细了解了 HIV 的感染途径，知道班主任用的方法感染率很低呢？但是在“研究室”玄关外，她的回答却完全出乎我的意料。

班主任根本没有把血液加到牛奶里。最后一个离开教室的班长把标着我和下村学号的空牛奶盒带回了家，用家里的药品检验过了。

这么说，我是被班主任的假话给蒙了，在胡思乱想啊！

问题是班主任为什么要说这种谎话呢？这样不就等于根本没有复仇吗？难道说她的目的只是想在心理上吓唬我们？对于下村来说，或许算是非常成功。那家伙用菜刀刺死了母亲，脑筋变得有点儿不正常，警方都无法对他问案。但是，在结业式那天，她能够预见到这种结果吗？

在我看来，倒是那个恋母狂下村没有告诉老妈自己可能感染了 HIV 更让人惊讶。我以为那家伙一回家就会跟老妈哭诉，在还检验不出是否感染的时候就每天往医院跑呢。

倘若这是班主任孤注一掷的话，对于下村的报复至少算是成功了。那么对我的报复呢？不错，杀死孩子的真凶或许是下村，可是如果我没有制订这个计划的话，小孩是不可能死的。班主任是不可能不恨我的。尽管如此，她无论如何也不会预料到我会因为没有被感染而失魂落魄。

且不说班主任是何企图，计划终归失败了。真是无聊透顶。活着就是一件无聊的事。不过选择死亡也很愚蠢。

我想让自己高兴起来。对了，就报复一下那些笨蛋吧。继续让那些家伙以为我感染了 HIV 吧。

第二天，报仇雪恨只用了不到五分钟。我得感谢班主任给我提供了这么痛快地报复他们的工具。

问题是这样一来，我安装炸弹的“动机”岂不是让人费解了吗？请不要以为班长这个女友填补了我对母亲的思念。

是不是把班长的事写下来我有些犹豫，不过与其被别人胡乱猜测，还是一一写下来的好。

她还不算笨，也有点儿头脑。没有什么特色的平凡长相我也不讨厌。但是我对班长有好感并不是因为这些。所有同学，惭愧的是连我也在内，对班主任的话信以为真，非常恐惧，只有她一个人抱有怀疑，并确认了真实情况。而且她并没有在知道实情后得意忘形地到处散布这件事，而是藏在心里。这一点让我心生敬意。

为了让她喜欢我，我甚至装得可怜巴巴地说“我只是希望能够有人这样称赞我”来博取她的同情。其实我说的“有人”就是母亲，但这招非常有效。

没想到她是个大笨蛋。不对，应该说是愚蠢吧。

整个暑假我都在研制新发明，她一直陪在我旁边，用自己从家里带来的笔记本电脑打字。我问她在写什么，她也不告诉我，我也不打算多问。因为虽说是女朋友，我也懒得倾听别人说话。直到把原稿寄出了，她才告诉我那是投给某文学奖的稿子。这是一个星期前的事了。

“因为你有那些特殊药品，我以为你对理科有兴趣，原来你对文学也有兴趣啊。”

当我把以前在药房看见她买药的事告诉她时，她就像一直等着我问似的开始诉说她买那些药品的理由。

原来她不是打算做炸弹，但也不是真的要染发。既不是想杀什么人，也不是要自杀。

只是想模仿露娜希而已。

她说第一次听到露娜希事件的报道时，她就觉得露娜希是另一个自己。证据就是“露娜希”这个名字。露娜希是月亮女神，而她的名字叫“美月”，等等，说了好多让人摸不着头脑的话。

我简直无语了，她仍然喋喋不休地说下去。

露娜希和我原本是同一个人，其证据不单单是名字近似。因为案发当天我手里也有和露娜希事件里相同的药品。我看见周刊报道上登出了露娜希的药品清单，惊讶得说不出话来。——等等等等。

顺便说一句，我在药房看见她是在那期杂志发售之后。虽然我不知道她说这些有多少是真的，至少她用那些药品之一检验了牛奶纸盒里是否有血液成分，因此姑且算是有用武之地。

她说，就让班主任寺田试试这些药的效用吧。

寺田虽然像是校园热血剧（我没有看过，大致感觉如此）里的屌丝角色，但我不曾对他怀有杀意。而且听说在下村的案子里，当警方向美月调查时，她说了些对寺田非常不利的证言。即使这样，她好像还不觉得解恨似的，令我产生疑问。我倒是觉得寺田有点儿让人同情呢，就因为偶然当了我们班的班主任，却被看作下村是在他的诱导下杀死母亲的。

“寺田哪里让你这么憎恨啊？”

对我的这个问题，她给出了令我超不爽的回答。

“因为直君是我的初恋……啊，不过现在我喜欢的是修哉君。”

她把我跟下村这种笨蛋相提并论。还有比这更受刺激的屈辱吗？

“太可恶了，你脑子没毛病吧？”

我以为自己只是心里这么想，结果好像是真说出口了。顺便还嘲笑她恬不知耻地模仿露娜希，于是她恼羞成怒，骂我是“恋母狂”。

我曾经对她提到过这篇笔记的开头，但做梦也没想到，她竟然用这种难听的话来诋毁我对妈妈的思念。我想要反驳，她却得寸进尺。

“你可能以为，妈妈虽然爱你，但是为了追求梦想，不得不忍痛割爱离开了你。可实际上不就是抛弃了你吗？既然这么盼望妈妈回来，自己去找她不就行了？去东京的话，一天就可以来回，再说你也知道她在哪所大学吧？这样嘀嘀咕咕抱怨干等，只能说明你没勇气啊。你是害怕自己去找她遭到拒绝吧？其实你早就知道自己被妈妈抛弃了，是吧？”

还有比这更可恨的亵渎吗？因为她不只侮辱了我，连母亲也侮辱了。我回过神来时，发现自己已经掐住了她纤细的脖子。怀有杀意的杀人没有时间考虑使用凶器。这次杀人是没有任何缘由的。也就是说，这里不过是最后抵达的地点，是终结一切的杀人。她的死也就比泡泡破灭还没意思。

未成年者即使杀死一个人也不会引起多大的骚动，下村的案子已经说明了。我不打算利用她的死做文章。

尸体就放在“研究室”的大冷冻柜里。一个星期不回家也不会有人来找这可怜的女孩子。可能的话，我想明天让她跟炸弹一起灰飞烟灭。因为炸弹是我用她买的药品制作的。是她自己带到“研究室”来，说是把药品放在这里最合适。虽然生命轻于泡沫，尸体却重如铁块，所以我无法把她搬到学校去。

但是，请你们不要误会。我装置炸弹与杀害班长，是完全没有关系的。

三天前，我为了了断一切，去了 K 大学。

可能的话，我希望母亲来找我。然而母亲在离婚的时候已经和父亲约定不可以跟我联络。对于凡事认真的妈妈而言，这种承诺成了沉重的枷锁吧。她越是想念我，希望跟我见面，枷锁就越是收紧，使她动弹不得。——除非我来砍断束缚她的枷锁，我们母子才能见面。

去大学要乘地方电车，换新干线，再换乘地下铁，共四小时的路程。曾经以为比任何乐园都要遥远的地方，原来只有这么短的距离。但是越是接近目的地，我就越是感到呼吸急促，心慌意乱。

K 大理工学院电子工程系第三研究室。这是母亲所属的研究室。我走在宽阔的校园中，心里排练着母子相会的各种场景。

敲响研究室的门，开门的是母亲。她看到我，脸上会是什么表情呢？会说什么呢？不，可能会一言不发地抱住我。但是，开门的也可能是研究室的助手或学生。我就说“我找八坂副教授”。然后，我该自报名字，还是保持沉默呢……

这么想着，我已经来到了电子工程系大楼。竟然在那里与意料之外的人物再度相逢了。就是在“全国中学生科技展”上给我的作品讲评的濑口教授。令我吃惊的是，教授好像也记得我，先跟我打招呼。

“啊，好久不见了。你怎么会在这里？”

我没敢说是来找母亲，随口编了个回答。

“我来这附近办事，想顺便拜访一下教授，就来了。”

“这样啊，欢迎欢迎。你是不是带了什么新发明来？”

“是，带了几件……”

这不是瞎话。我带了反转时钟、电人钱包、测谎器，打算给母亲看的。教授高兴地带我去了他的研究室。第一研究室位于三楼东边，位于四楼的第三研究室就在其正上方。

给教授看了我的发明后，或许可以告诉他，其实我是来见母亲的。

“哦，原来你是八坂教授的儿子啊。怪不得这么优秀。”

我一面这样想象，一面跟在教授后面走进第一研究室。

房间里有最新的仪器和堆积如山的专业书籍。与我想象中的发明家的房间非常接近。教授让我在沙发上坐下，开始冲泡可尔必思[1]。我无聊地四下张望，书桌上的镜框吸引了我的视线。

是濑口教授跟一个女人的合影。背景好像是欧洲，多半是德国的古堡吧。女人依偎着教授，温柔地微笑着。

不管怎么看——都是母亲。

这是怎么回事啊？大概是学术研讨会或研修旅行时的照片吧？……教授把可尔必思放在我面前的桌子上，我也无法把视线从照片上移开。

教授见了，略带羞涩地笑着说：

“不好意思，这是我蜜月旅行的照片。”

---

1 Calpis，1919年日本人三岛海云创立的日本饮品品牌，一种乳酸菌饮料。

肥皂泡破灭了。

“蜜月旅行？”

“哈哈，你一定觉得怎么这把年纪还蜜月旅行吧。我们是去年秋天结婚的。快五十岁了，才终于要当上爸爸了。怪难为情的。”

“要当爸爸了？”

“预产期是十二月底。但是我太太今天还是到福冈去参加学术研讨会了。真是让人担心啊。”

肥皂泡啪叽啪叽破灭的声音在我脑子里回响。

“……她是八坂教授吧？”

“怎么，你认识我太太吗？”

“她是……我尊敬的人。”

我浑身发抖，实在说不下去了。最后的泡泡也破灭了。教授惊讶地望着我，突然恍然大悟似的说：

“你莫非是她的……”

我没听完教授的话，就冲出了研究室。一次也没有回头，而教授似乎也没有追上来。

难道说才华横溢的母亲并不是为了追求梦想而牺牲家庭的吗？并不是为了成为伟大的发明家而抛弃心爱的儿子的吗？

“虽然我们分开了，阿修也是妈妈唯一的孩子。”妈妈不是这么说的吗？可是她一直没有来接这个孩子，原来是和比自己更优秀的男人结了婚，要为他生儿育女，过幸福的日子啊！

母亲离开四年后的现在，我终于明白了。她的绊脚石并不是孩子，而是叫作修哉君的这个孩子。而且从她离开家那天开始，修哉君就已经成为过去。不，或许在她的记忆中早已被抹去了。

证据就是，尽管那天教授已经知道是我了，母亲仍旧没有跟我联系。

下面我即将实施的大规模谋杀是对母亲的复仇。为了让她知道是我犯下的罪行，这是唯一可行的方法。

而且这次谋杀的证人就是看了我放在网页上的遗书的你们大家了。明天将会报道一件在少年犯罪史上留名的惊天大案，麻烦你们务必亲眼看到最后，并将我的灵魂的呐喊传达给她。

永别了！

*

“永别了！”

我把题为《生命》的这篇无聊的作文往演讲台上一扔，从校服口袋里掏出手机，拨通了号码，缓缓按下发送键，也就是引爆炸弹的开关。

一秒、两秒、三秒、四秒、五秒……

什么都没有发生。这是怎么搞的？是臭弹？不对，我没有感觉到安装在炸弹里的手机发出振动。不会出问题吧！我低头去看演讲台里面。

炸弹，不见了……

是不是有人看了网页后，把炸弹拆除了呢？可是没看见有警察到学校来。对于一般人来说，拆除炸弹是非常危险的。那么，到底是谁干的……难道说，是妈妈？

突然我紧紧握着的手机响了起来，是个不明来电。

我用颤抖的指尖慢慢地按下了通话键。

第六章

传道者

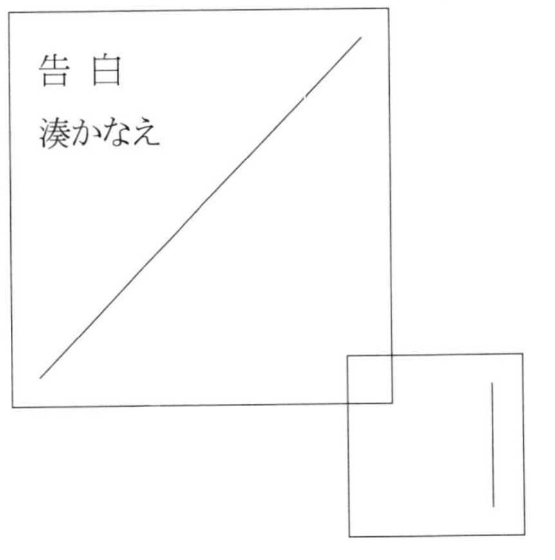

阿修，是妈妈。——你大概是这么想象的吧？很遗憾，不是你妈妈，是森口打来的。五个月没见了。此时，你肯定正在惊讶炸弹怎么没有引爆吧？因为今天早晨被我拆除了。

你的炸弹具有在一定温度下会失去效能的特点，是非常优秀的“发明”。这样的话，将在“研究室”制作的炸弹搬运到学校的途中，只要速冻之后装在保温箱里，即使有点儿震动也不会爆炸的，对吧？你不仅钻研电子工程学，连化学方面的知识也没有放松吧。

你要是能把这种才能用到好的地方，将来绝对可以成为了不起的发明家。而你却把天赋的才能用在了坏的方面，用在制作犯罪的工具上了。为了达到无聊的目的。

我拜读了你的《写给亲爱的妈妈的情书》。居然不知羞耻地在网页上公开这样的文章，可见你是把自己当作悲剧的主人公了。

我有个才华横溢的妈妈。我是继承了妈妈血脉的唯一的孩子。妈妈为了实现梦想，依依不舍地把我留在乡下小镇，去了东京。但是妈妈跟我约定，一旦我出了什么事，她绝对会赶回我身边。我相信妈妈的话。不久父亲再婚，跟继母生了个小孩。我觉得很孤独。我想妈妈。为此我制作了小发明，去参加全国比赛。但是妈妈没有跟我联络。所以我决定杀人。因为我想，要是我成了罪犯，妈妈就会来找我吧。不走运的是，笨蛋同学把我的计划搞砸了。我遭到了报复，很高兴自己会生病。因为我以为，生了重病妈妈就会跟我联络的。结果却没有生病。为了排遣寂寞，我向同班的女同学寻求帮助。可是她竟然骂我是恋母狂，我就杀了她。我终于下决心去找妈妈。但在见到妈妈之前，先碰到了妈妈再婚的对象，得知妈妈怀孕了。啊啊，我被妈妈抛弃了。我要报复妈妈。

概括地说，就是这些内容吧？于是你就设置了炸弹。

是笨蛋吗？你的情书里频繁使用“笨蛋”这个词。你以为自己是谁啊！你到底创造出了什么，你对那些被你鄙视地称为笨蛋的人施与了什么恩惠吗？

你甚至说自己的父亲没有存在的价值。那么你现在活在世上是托了谁的福呢？连这点儿道理都不懂，只不过学习比较好，就自以为聪明过人。像你这种人，才是愚昧无知的人，才是你所谓的笨蛋呢！

爱美就是被你这样的人杀死的，对吧？宝贵的人生就这样被你剥夺了，对吧？我看了你的情书后，为我竟然天真地想报复你而惭愧不已。提到报复，或许从结业典礼那天说起比较好。

那天早上，我的确趁丈夫樱宫还睡着的时候抽了他的血，带到学校来了。牛奶每天早上九点钟送到学校，放在办公室旁边的冰箱里。我在结业典礼时溜了出来，用针筒把血液打入标着你和下村同学学号的牛奶盒里。为了不让小心谨慎的你发觉，我是从四方纸盒的折叠部分扎进针头的。然后在牛奶时间结束以后，我说了那番话。之所以在全班同学面前说，也是想要把你们丢进会做出最残酷的判决的那群人里去。因为不管是多么残忍的小孩，都会遵守大人制定的游戏规则的。

正如你后来发觉的那样，我采取的这个方法，传播 HIV 的概率其实是非常低的。这一点我一开始就知道。但是我相信只要有一丝可能，就一定会让你们受到惩罚。

我本来以为这样就都结束了。当然，你们被死亡的恐惧折磨，或是受到同学的欺负，并不能让我高兴起来。应该说，即使施行了报复，我对你们的憎恨也没有一点儿减少。纵然亲手拿刀把你们碎尸万段，恐怕也不会有不同的结果。我明白了，能够让一切仇恨都烟消云散的复仇是不存在的。

即便如此，我还是以为总算给自己的怨恨有了个交代。因为我虽然一辈子都不会忘记爱美，但也不打算一辈子跟你们这种人纠缠不清。樱宫走了以后，我想从头开始我的人生。在此之前，我几乎没有想过能为别人做些什么，所以我想今后朝着这个方向努努力。

一个月后的四月底，樱宫的生命走到了尽头。临死之前，他告诉了我一个惊人的事实。

“我后悔没有能够让你幸福。所以为了补偿，至少要阻止你犯罪。我发现你在结业典礼那天抽了我的血，就立刻猜到了你打算做什么。我随后去了学校，你已经把血液注入牛奶里了。我觉得这是极其残忍的报复。你离开教室后，我立刻换了新的牛奶。你或许无法原谅我。但是以眼还眼，以牙还牙是不对的。通过这样做让自己放下，是绝对不可能的。与其这么做，不如相信他们一定可以改过自新。因为这也关系到你能否开始新的生活……”

这就是樱宫的临终遗言。他想说的是，自己的孩子虽然被杀死了，也不要复仇。犯罪的孩子们一定可以改过自新。倘若真的有神职者这样的词汇，说不定最适合他了。

顺便套用一下你的逻辑，樱宫也不是生长在懂事以前有妈妈给他讲童话故事的家庭环境里的。我想你没看过摆放在教室后面的他的笔记吧，他一出生母亲就病死了。父亲再婚的时候，他也跟你一样是小学五年级。由于他不像你学习这样好，所以跟继母也处得不好，不断地离家出走。由此可见他的人生绝对没有什么可自豪的。

倘若他当时跟你认识的话，你一定会把他当笨蛋看的。但是，你却得到了这样的人的帮助。

人的伦理道德观，如你所说的那样，或许只是接受教育后的效果。普通人小时候就理所当然学会的东西和道理，樱宫直到快成人的年龄才学会。那是因为他意识到自己的欠缺，不能这样下去才开始学的。可是，你虽然意识到自己缺乏道德观念，却不以为耻，反以为荣，把它归咎于母亲的过错，丝毫不打算学好。甚至认为自己要是学好了，跟母亲之间的无形纽带也就被切断了，故意不肯努力，破罐破摔。不过，现在这些已经不重要了。

我实在无法接受樱宫的做法。他嘴里说什么为了我的幸福，可是一直到死都宁可当个老师而不是父亲，我无法原谅他这一点。当然我也无法原谅他要保护的你们两个。但是我一时又想不出新的复仇方法。于是，我决定暂时观察一下情况。

对于你们的情况，我一直是通过班主任维特，也就是寺田良辉君了解的。寺田君曾经是樱宫的学生。由于我和他同时在那个学校有一个学年，因此对他印象很深。

寺田君尽管没有犯什么不可救药的大错，但他太崇拜樱宫了。由于这个缘故，他听说樱宫上中学的时候曾经瞒着父母抽烟，于是自己也学着抽烟，呛得直咳嗽。听说樱宫曾经对讨厌的老师的车子搞恶作剧，他也照葫芦画瓢，做出些调皮捣蛋的事。不过，正因为他是这么个孩子，也很容易回归正道，经过樱宫一开导，他立刻就学好了。

樱宫死后，我以“希望劝世鲜师永远活在孩子们的心中”这种冠冕堂皇的理由，没有让媒体知道丧礼的时间和地点，但寺田君却出现在了殡仪馆。“我给樱宫老师添了很多麻烦，请务必允许我弥补一下，送老师最后一程。”尽管他的这套理由让人不大想听，可人既然已经来了，只好由着他。葬礼结束后，寺田君在樱宫的遗像前大声地批判起了自己以前犯下的种种错误，深表悔过之意。樱宫生前恐怕也曾经对他这样悔过苦笑过吧。没想到，接下来，他开始报告近况，说是继承老师的遗志，成为了中学教师。从今年春天开始，就要去 S 中学上任了。

我告诉寺田君，到去年三月为止我也在 S 中学任教，并询问他学校现在的情况。于是他告诉我他当了二年 B 班的班主任。这可真是造化弄人啊。看他的样子，似乎不知道 B 班一年级时的班主任是我，我也就没有告诉他，问他班上现在怎样。他就说有个别学生不来上学。是下村同学。听他说话时，我暗自猜想，看来下村同学是以为自己感染了 HIV，却还没有告诉母亲。我有点儿意外，不过，由此得知他们看似感情亲密的母子之间也存在着无形的隔膜，就想可否利用一下这一点。

也就是说，我在考虑能不能进一步把下村同学逼得走投无路。于是我就以“要是樱宫的话，或许会这么做吧”的名义，给了寺田君一些建议。比如，要是他的话应该会去家庭访问吧。肯定会带着同班同学一起去的。即使对方不给好脸，他也会相信总有一天对方能明白自己的苦心而毫不气馁，继续坚持下去的。一个星期大概会去一次吧。纵然吃了闭门羹，他也会在外面喊话吧，等等。

然后，我对他说，要是有什么苦恼，随时都可以来找我，我不会把你说的话告诉任何人的。想必他在校内也没有其他人可以商量吧。他用电子邮件跟我探讨了各式各样的问题。就是说，他一直跟上年度的班主任保持着紧密的联系。因此，绝对不用担心被人指责自己一个人乱来什么的了。

你被欺负的事他也向我讨教过哦。关于这件事，我给他的建议是，由寺田君亲自说出班上有人被欺负，就不如说成班里有同学告发的好，这样其他同学也比较容易意识到这个问题的存在。果然，寺田充分发挥了他的个性理想，对你的欺负变本加厉了。我本想对你的制裁越厉害越好，可制裁的矛头转向了北原同学，真是非常抱歉。

否则的话，她恐怕也不会被你杀害了。每当想到这个，我心里就很难过，但是你们小孩子立刻会把责任转嫁到别人身上，所以我不会说是我的错。杀死北原同学的就是你。一听她说你是恋母狂，戳到了你的痛处，你就恼羞成怒地杀了她。你竟然说什么“是终结一切的杀人”，简直是强词夺理，胡说八道。

在我观察你们的这段时间里，下村同学把他的母亲杀死了。他们两人之间发生了什么事我想象不到，就算可以猜测到一些，我也觉得不该随便说什么。

但是，我可以肯定地说，要是下村同学不杀害爱美的话，也就不会杀害母亲了。所以我一点儿也不同情下村同学，对他的母亲，我只是觉得这是她的报应，谁让她培养出了这种儿子。虽然我的报复受到了樱宫的妨碍，但是对于下村同学，我已经算是彻底复仇了。

剩下的就是你了，渡边同学。你自己也明白，直接杀死爱美的虽然是下村同学，但要不是你想出这种愚蠢的计划，爱美也不会死。我希望你和下村同学最终都在痛苦的折磨中死去，不过，要是让我选出更恨哪个的话，我会选你。

我不知多少次这么想，你就在同班同学以制裁为名的残酷欺负中死掉好了。但是我接到了寺田君的报告，说欺负的问题已经解决了。他真心感到高兴。他还对我表示感谢，说多亏了老师的建议。虽然令人难以置信，但我很容易就推测你是利用了自己可能感染 HIV 反守为攻的。既然如此，一开始就这样做不就好了吗？我有点儿想不明白。

我也想过，要报复你，只有自己直接动手。然而就算杀了你，你在呼吸停止的瞬间，也不会对爱美觉得抱歉吧。那样的话就毫无意义。我想要发现你的弱点。尽管觉得浪费时间，我还是每天去看你的网页。但是网页上自从“全世界认可的发明，防盗电人钱包！”之后，就再也没更新了。你一向讨厌无意义的事情，可为什么没把网页关掉呢？这也成了我的疑问。我放弃了立刻复仇的打算，决定一直监视你，等你获得了重要的东西之时，再将它击溃。就在我开始这么想的时候，网页更新了。

从《写给亲爱的妈妈的情书》中，我知道了你略微有点儿可怜的成长过程。假如说，真的只是假如，要是你带着“电人钱包”来找我的时候，我称赞你的话，情况是否会有所不同呢？我这么想过，也差一点儿后悔。但这完全是痴人说梦。你不是也写了“电人钱包”是恶作剧的玩意儿吗？制作这种让人触电的东西来获得大人的夸赞，不过是娇惯坏了的小孩才有的想法。真的会有大人称赞给人挖了陷阱的小孩吗？你只是想夸耀自己的才能罢了。不制作对人有用的东西，一心想着炫耀自己的本事，做出这种毫无用处的玩意儿，谁会称赞你呢？也就满足你自己吧。

不管你怎么想，我认为你的人格是除了母亲之外不认可任何人的你自己造成的。犯罪不是别人的错，是你自己的错。话虽如此，如果说到除了你以外谁该负责的话，不就是你的母亲大人吗。她因为自己的欲望无法满足，一直拿小孩出气，直到让孩子心中变成了空洞，然而，欲望刚一实现便一走了之，不负责任地将亲情抛在脑后。

这种随心所欲之处还真是像你母亲啊。你为了报复母亲而装了炸弹，没说错吧？可你只是在杀害很多无辜的人，这就是你的复仇方式吗？

爱美的死也是这样。你仇恨的一直都是母亲一个人，可是受害的却一直都是母亲以外的人。

如果你的世界里只有你和你所爱的母亲的话，就杀了你母亲吧。连这个都做不到的话，我也无法让你这个胆小鬼再继续这样自吹自擂、胡作非为下去了。

渡边同学，我想警察马上就要到你那儿了。北原同学的遗体也快要被发现了。你被逮捕之后，下村同学的案子也会和爱美的死一起公之于世吧。当然，无论你受到什么处罚，你也不会觉得是处罚。作文写得好就不用说了，就连劳役你也会认真完成得很好的。我想你很可能将过去一笔勾销，一边重新添加辉煌的履历，一边活下去的。

在你那样做之前，请让我告诉你一件事。

我看了你的情书，解除了你安的炸弹之后，去见了一个人。大概是我有点儿同情你的缘故吧。也可能是我想重新考虑一下樱宫没来得及对我说的话吧。或者是觉得导致爱美之死的起点也可能在这里吧。

你非常非常想见的人，我轻而易举地见到了。我先让她看了你的情书。然后把你对爱美做的事，还有下村同学的事情告诉了她。

你想知道她是怎么说的吗？

……不好意思，外面噪音越来越多了。我估计你也听见警笛的声音了吧。

渡边同学，我不只解除了你安在学校的自制炸弹，刚刚还把炸弹重新安在别处了。我一直在祈祷你不要按下引爆键的。但是你按了。其实并不是没有爆炸。虽然我不知道你预想的爆炸规模有多大，但那颗炸弹肯定具有摧毁钢筋水泥建筑物一半的威力。若不是我相信你的才能，跑到很远的地方避难的话，说不定我也惨遭横祸了呢。

K 大学理工学院电子工程系教学楼第三研究室。那里就是我重新安放炸弹的地点。制作炸弹的，以及按下引爆键的人，都是你。

好了，渡边同学。你不认为这才是真正的复仇，是你重新做人的第一步吗？

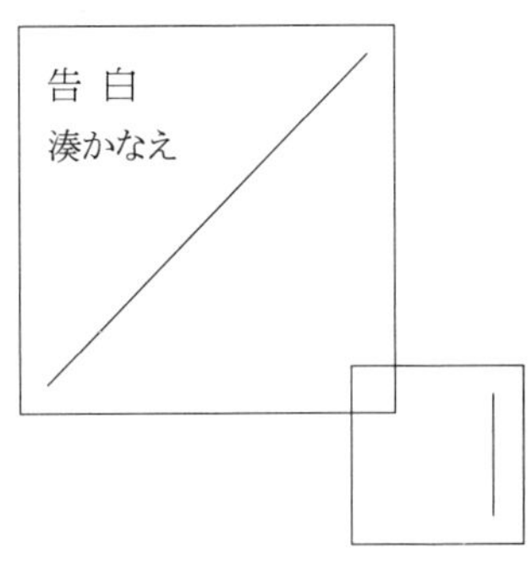

爱与罪的一线之间

——《告白》译后记

湊佳苗是日本当红的推理小说家，2005 年获得第 2 届 BS-i 新人剧本奖而出道，2007 年获得第 35 届创作广播剧大奖，同年以短篇推理作品《神职者》获得第 29 届小说推理新人奖。2008 年，她又将这部推理处女作扩充为长篇推理小说《告白》，获得日本本屋大赏等多个奖项，奠定了她在日本推理文学方面不可动摇的地位。

《告白》是一部探讨青少年犯罪问题的长篇推理小说。小说主要围绕对未成年人保护法的不合理之处展开，并通过对两个少年犯罪原因的拷问，质疑了当今日本的教育和青少年成长的社会环境因素，无论是从社会意义，还是从描写手法上看，都堪称悬疑推理小说的佳作。尤其是叙事结构极具特色，抽丝剥茧般揭开案件真相的过程，令读者步步惊心，欲罢不能。

小说的情节是：某国中女教师、单身母亲森口悠子经常将四岁的女儿爱美带到学校照看。一天晚上，爱美在学校游泳池溺亡。痛失爱女的森口查出爱美并不是死于意外，而是她任班主任的班上两个学生所为。森口没有向警方报案，申请调查，而是在学生结业当天向全班同学告白，指出杀死女儿的是班里的两个学生，她在他们的牛奶里加入了艾滋病人的血液，制造恐慌情绪，在心理上折磨这两个身为未成年人的凶手，并一步步实施报复计划，以达到惩罚他们的目的。

全书分为六章，依序分别为神职者、殉教者、慈爱者、求道者、信奉者、传道者。各章分别由班主任森口悠子、班长北原美月、下村直树（学生嫌犯 B）的二姐、下村直树、渡边修哉（学生嫌犯 A）、森口悠子等与此事件密切相关的五人，采用第一人称进行告白。通过从各自立场出发的告白，多角度地揭示了爱美溺亡事件的发生经过、凶手的动机，以及整个事件的深层原因。这种结构不由得让人联想起黑泽明的《罗生门》。《罗生门》同样以多视角的方式揭示人性的丑恶与不可知性，每个人物都出于利己的动机，竭力美化自己，导致证词大相径庭。与《罗生门》不同的是，《告白》里的人物并没有刻意掩饰自己，每个人的告白都是各自真实的想法。也许并不客观，但并没有刻意掩饰什么。读者从每个人的叙述中，可以更为立体地了解事件真相。

看完小说后，读者往往会产生下面几个疑问：

这样的恶性事件何以会在青少年身上发生？

是阴差阳错的偶然事件，还是有什么必然性？

女教师为什么会采取这样的报复手段？

学生嫌犯A渡边修哉同学的成长环境造成他人格的扭曲，幼年丧失母爱是他犯罪的深层原因之一，他的所有努力都是为了见到妈妈，最终却阴差阳错地走向犯罪。但是在同样的环境中长大，或者有类似经历的人，难道就一定会人格扭曲，甚至犯罪吗？森口老师在小说最后部分举出了丈夫樱宫的成长经历，有力地驳斥了这种说法。遗憾的是，森口自己却借口未成年人保护法不合理，残忍地报复两个少年，导致学生嫌犯B杀死母亲，自己也精神失常；另一个学生嫌犯A，由于他向往见到的母亲被森口老师杀死了，失去了活下去的欲望。然而，报复成功的森口却冷酷地说，这是修哉同学“重新做人的第一步”。这样的教育者不是也值得人们反思吗？

学生嫌犯 B 在母亲的溺爱下长大，生性懦弱，这个性格弱点也是导致其犯罪的原因之一。可见，作为青少年第一人生导师的父母，肩负着教育孩子健康成长的不可推卸的责任。他们二人并非有意杀死老师的孩子，而是阴差阳错，最终因一念之差导致悲剧发生，具有少年犯罪的偶然性、突发性等特点。

从森口老师的角度看，作为单亲妈妈，她唯一的精神寄托就是女儿。孰料女儿却被学生杀死，即便告诉警察真相，杀人凶手也不会受到多么严厉的惩罚。因此，森口决心自己来惩罚他们。尽管作者从母爱的角度描写了森口悠子和女儿之间的母女情深，但她的母爱最终让她在亲情和法律面前，选择了亲情。

作者在探究人性恶的同时，并没有忘记描写人性的善良美好，森口悠子和樱宫老师的爱情，修哉和美月之间朦胧的好感，都给冰冷的小说增添了一抹温馨的色彩，这些美好的情感最终被仇恨掩埋了，尤其是修哉为了掩盖罪行而杀死美月所形成的强烈反差，令人们为这样年轻的孩子经历的残酷青春深感遗憾。

人性的善恶转变似乎只在一念之间，但绝不是偶然的。小说的结局虽然出人意料，却又在情理之中。可以说，小说对人性的刻画是全面而透彻的，不但通过少年犯罪案件引发的复仇深入剖析了社会弊端、人性丑恶，还不惜笔墨地描绘了人性美好的一面。作者通过写作这样一个反面的教训试图告诉人们，面对青春期的躁动与无知，趋善避恶，为青少年的健康成长营造良好的社会环境，不仅仅要依靠法律，家庭、教师乃至全社会都应承担起各自的责任。青少年犯罪问题犹如随时可能爆炸的定时炸弹，如果教育引导得法，可以避免罪行发生。反之，如果不顾法律，以恶制恶，只能导致恶性循环。

《告白》尽管是虚构小说，却反映了非常现实的社会问题。通过深刻地剖析犯罪的动机和原因，反映了在物质文明高度发展的现代社会，亲情的缺失、精神的空虚造成了一个个不可挽回的悲剧，给人们以深刻的警示和启迪。

竺家荣

2015 年 9 月于北京

图书在版编目（CIP）数据

告白 /（日）凑佳苗著；竺家荣译 .—长沙：湖南文艺出版社，2016.4
ISBN 978-7-5404-7399-0

Ⅰ . ①告…　Ⅱ . ①凑… ②竺…　Ⅲ . ①推理小说 – 日本 – 现代　Ⅳ . ① I313.45

中国版本图书馆 CIP 数据核字（2015）第 294443 号

著作权合同登记号：图字 18–2015–181

上架建议：畅销 | 推理小说

GAOBAI
告白

作　　者：[日] 凑佳苗
译　　者：竺家荣
出 版 人：刘清华
责任编辑：薛　健　刘诗哲
监　　制：毛闽峰　李　娜
特约策划：刘　霁　李　颖　谢晓梅
特约编辑：张宇宏
营销编辑：刘碧思　贾竹婷
版权支持：文赛峰
装帧设计：利　锐
出版发行：湖南文艺出版社
（长沙市雨花区东二环一段 508 号　邮编：410014）
网　　址：www.hnwy.net
印　　刷：河北鹏润印刷有限公司
经　　销：新华书店
开　　本：880mm × 1270mm　1/32
字　　数：139 千字
印　　张：7.5
版　　次：2016 年 4 月第 1 版
印　　次：2019 年 2 月第 6 次印刷
书　　号：ISBN 978-7-5404-7399-0
定　　价：36.80 元

质量监督电话：010-59096394
团购电话：010-59320018